Chère Lectrice,

Parmi les huit titres Azur de juin, il en est un qui m'est allé droit au cœur, et que j'ai aussitôt élu comme mon « chouchou » du mois. Vous ne serez donc pas surprise si je vous recommande chaudement de lire *Attirance coupable* (Azur N° 1827), le récit bouleversant d'un amour interdit, un roman intense et passionné auquel vous aurez certainement, comme moi, le plus grand mal à vous arracher.

Je profite néanmoins de cette lettre, pour vous faire une confidence en forme d'aveu : j'ai un autre chouchou. Je sais, cela n'est pas vraiment prévu au programme, mais vous comprendrez certainement cette envie que j'ai de désigner un « chouchou ex-aequo » lorsque vous aurez lu *Captive et sultane* (Azur n° 1829). Ce roman est en effet un modèle du genre, et je l'ai trouvé, quant à moi, en tout point merveilleux.

Le héros surtout. Quel prince ! Et quel homme ! Un vrai héros Azur, à la fois terriblement sauvage et délicieusement... subtil.

De quoi nous faire rêver, non ?

Bonne lecture à toutes !

Le Responsable de collection

CATHERINE GEORGE

Amant ou héros ?

HARLEQUIN

COLLECTION AZUR

*Cet ouvrage a été publié en langue anglaise
sous le titre :*
FALLEN HERO

Traduction française de
FABRICE CANEPA

HARLEQUIN ®
est une marque déposée du Groupe Harlequin
et Azur ® est une marque déposée d'Harlequin S.A.

1.

Elinor avait parcouru un peu plus d'un kilomètre lorsqu'il se mit à neiger. Quelques flocons épars commencèrent tout d'abord à voleter de-ci, de-là, puis, peu à peu, une véritable tempête se déchaîna. Elle s'arc-bouta contre le vent contraire, presque pliée en deux, avançant avec difficulté le long de la petite route.

Elle se maudit de ne pas avoir songé à réserver un taxi avant de quitter Cheltenham : elle n'avait pas vu passer le moindre véhicule depuis qu'elle était partie.

La jeune femme s'arrêta un instant pour rajuster la bandoulière de son sac qui lui sciait l'épaule. Elle songea soudain qu'elle était seule au milieu de la campagne enténébrée et cette pensée la mit mal à l'aise. Elle avait depuis longtemps dépassé les dernières maisons de la ville et, s'il lui arrivait quoi que ce soit, elle pourrait toujours crier, personne ne l'entendrait.

Le brouillard conférait au paysage qu'elle connaissait pourtant par cœur des aspects inquiétants. Et les lumières des maisons n'étaient plus que des points flous et affreusement distants...

Elle se sentit tout d'un coup très vulnérable. Cheltenham regorgeait de magasins, scintillait sous la lueur des réverbères, et des taxis sillonnaient la ville en tous sens. Mais ici, il n'y avait que des arbres dépouillés et menaçants qui paraissaient tendre vers elle leurs branches nues

7

que le vent faisait ployer et gémir. Elle frissonna, consciente soudain du froid mordant qui se jouait de son manteau trop léger et la glaçait jusqu'à la moelle des os.

La brusque impulsion qui l'avait poussée à revenir chez elle pour quelques jours lui avait pourtant semblé une brillante idée, surtout après sa séparation d'avec Oliver. Mais maintenant elle commençait à regretter ce retour inopiné... Elle avait oublié combien le climat de la région pouvait être rude en hiver.

Pourtant, c'était ici qu'elle était née et qu'elle avait grandi. A Stavely, un petit village du comté de Gloucester que bordaient les rivières Wye et Severn. Ses parents, tous deux médecins, venaient de prendre leur retraite et avaient décidé de fêter dignement l'événement en partant en vacances en Australie.

Elinor les avait accompagnés un mois auparavant à l'aéroport, loin de se douter que sa vie était sur le point de basculer. Elle soupira en songeant qu'il faudrait le leur annoncer à leur retour. Elle ne les avait pas appelés, se refusant à gâcher leur séjour.

A son grand soulagement, la jeune femme aperçut enfin les grilles de Cliff Cottage et accéléra le pas, rêvant déjà d'une douche chaude et d'un café brûlant. Après avoir franchi le portail, elle s'approcha de la maison plongée dans les ténèbres. Posant son sac de voyage sur le perron, elle retira son gant mouillé avec les dents et plongea la main dans son sac à bandoulière, à la recherche de ses clés. Elle fouilla son sac de fond en comble, de plus en plus inquiète, puis s'immobilisa soudain.

Un frisson la parcourut qui, cette fois, ne devait rien au vent glacial qui balayait le seuil. Elle avait changé de sac à main juste avant de partir. Le trousseau de clés devait être resté dans l'autre, bien en vue, à côté du téléphone ! Elle étouffa un juron et commença à faire le tour de la maison. Toutes les fenêtres de Cliff Cottage possédaient des doubles vitrages et étaient équipées de solides barreaux. Les portes en chêne massif n'auraient pu être ébranlées, même à coups de bélier. Et, bien sûr, toutes étaient hermétiquement closes.

Elinor se força à recouvrer son calme et à raisonner logiquement. Il lui était impossible de pénétrer par effraction dans sa propre maison. Il ne lui restait donc plus qu'à frapper chez l'un de ses voisins et à demander l'hospitalité pour la nuit. Mais il était maintenant très tard, et cette idée ne l'enthousiasmait guère. Découragée, elle s'appuya sur le rebord de la fenêtre de la cuisine, se représentant sans peine le confort qui régnait à l'intérieur.

A cet instant, invraisemblable, incompréhensible, un cauchemar fondit sur elle : quelqu'un lui saisit les bras et les tordit derrière son dos alors que l'acier glacé d'une lame se posait sur sa gorge.

— Si tu essaies de t'enfuir ou si tu cries, tu es mort ! menaça une voix rauque contre son oreille.

Mais l'avertissement était inutile : Elinor était paralysée de terreur et incapable de prononcer le moindre mot.

— Bien ! Voyons à quoi tu ressembles, dit alors son agresseur d'une voix dure.

Sans lui lâcher les bras, il la fit se retourner et braqua sur son visage le faisceau aveuglant d'une lampe torche.

— Bon sang ! s'exclama l'inconnu en la libérant brusquement. Elinor Gibson ! Mais qu'est-ce que tu fiches ici à cette heure de la nuit ?

Il éclaira un instant son propre visage pour qu'elle pût le reconnaître.

— M... Miles ? bégaya Elinor qui se remettait à peine de sa terreur. Miles Carew ? Je pourrais te retourner la question ! A quoi jouais-tu donc ?

— J'ai promis à ton père de veiller sur la maison pendant son séjour en Australie... Tu n'avais pas prévenu de ton arrivée.

— Eh ! C'est quand même chez moi ! Je ne suis pas

9

obligée d'envoyer un faire-part chaque fois que je viens ici ! Le problème, c'est que j'ai oublié mes clés... En plus, ajouta-t-elle, la colère succédant à la peur, j'ai marché depuis la gare et je suis trempée et gelée. Alors tu aurais pu m'épargner cette stupide comédie !

— Je suis navré de t'avoir fait peur, dit Miles qui ne paraissait pas le moins du monde désolé. Il y a eu pas mal de cambriolages dans le coin et j'ai préféré ne pas prendre de risques. Bon... Je vais t'emmener à la maison pour que tu te réchauffes en attendant de trouver un moyen de te faire rentrer ici.

— Je m'en voudrais de te déranger, commença-t-elle d'une voix mordante avant de réaliser qu'elle n'avait guère le choix.

— Ne sois pas stupide ! Tu as des bagages ?

— Oui. Je les ai posés devant la porte d'entrée.

Miles alla les chercher puis guida la jeune femme le long d'un sentier pentu qui menait à une grande maison éclairée. Un vent glacé s'enroulait autour d'eux alors qu'ils avançaient péniblement dans le tapis de neige de plus en plus épais.

Ce fut avec un réel soulagement qu'Elinor pénétra enfin à la suite de Miles dans une pièce à la chaleur accueillante. Il devait s'agir de la buanderie, puisque s'y trouvaient deux énormes congélateurs, une machine à laver et un sèche-linge. Elle soupira de bien-être alors que la vie revenait lentement dans ses membres gelés.

Miles la détailla longuement de la tête aux pieds, un sourire moqueur aux lèvres. Elle rougit, consciente de l'apparence qu'elle devait avoir.

— Tu as vraiment une sale tête ! confirma peu galamment Miles. Donne-moi ton manteau.

Elle s'exécuta et ôta son béret trempé, ses gants et son manteau, regrettant amèrement, une fois encore de ne pas être restée à Cheltenham.

— Tu es trempée ! Je vais te montrer ta chambre pour que tu puisses te changer.

Il la précéda au premier étage, son sac à la main et elle lui emboîta le pas, se sentant de plus en plus mal à l'aise. Elle n'appréciait guère qu'il prenne ainsi les choses en main mais ne pouvait cependant se résoudre à protester, sachant bien qu'au fond il avait raison. Indiscutablement elle devait se débarrasser de ses vêtements mouillés si elle ne voulait pas attraper une pneumonie. Et, de toutes façons, le fameux capitaine Miles Carew, des Royal Green Jackets était bien trop habitué à se faire obéir à la première injonction pour supporter la contradiction.

Il lui montra la chambre et la salle de bains puis la laissa seule. Elle se fit couler un bain très chaud dans lequel elle se glissa avec délices, mais elle n'osa pourtant pas y rester autant qu'elle l'aurait désiré.

Elle se demandait ce que Miles pouvait bien faire à Cliff House. Si elle avait su qu'il était là, elle aurait réfléchi à deux fois avant de se précipiter tête baissée. Puis elle soupira : ce n'était pas la peine de se mentir. Après sa séparation d'avec Oliver, elle n'avait eu qu'une idée en tête : retrouver la sécurité de la maison familiale.

Elle sortit de la salle de bains et tira des vêtements secs de son sac. Elle choisit un pantalon noir et une chemise de lainage jaune pâle avant d'enfiler d'épaisses chaussettes et ses vieilles chaussures de marche qu'elle avait eu la judicieuse idée d'apporter. Se sentant enfin à l'aise elle redescendit, au moment même où Miles sortait de la cuisine.

— J'allais justement te chercher, dit-il en observant sa nouvelle apparence d'un œil satisfait.

— Je suis désolée de m'imposer de la sorte, s'excusa Elinor, légèrement contrariée.

— Allons ! Il n'y a pas de problème ! Viens, passons dans le salon.

Il la précéda dans une petite pièce dont les murs disparaissaient derrière des étagères croulant sous les livres. Les flammes crépitaient joyeusement dans la cheminée et la jeune femme prit place dans un des deux imposants fauteuils de cuir qui lui tendaient des bras accueillants. La chaleur du feu la réchauffait doucement. Elle se tourna vers la fenêtre mais de lourds rideaux de velours lui masquaient la tempête qui devait toujours faire rage à l'extérieur. Soudainement elle se détendit; enfin elle se sentait bien.

Cela faisait des années qu'elle n'avait pas pénétré dans cette pièce, et pourtant, rien n'avait changé... Sauf peut-être la télévision dans le coin, là-bas, et la lampe halogène qui éclairait le salon d'une lueur tamisée et chaleureuse.

Mais ce qui était fondamentalement différent, c'était le compagnon avec lequel elle partageait ce havre de paix. Lorsqu'elle était petite, elle y retrouvait souvent Mark et Harry, les deux jeunes frères de Miles. Leur mère était déjà très handicapée, et c'était Mme Hedley, la gouvernante, qui s'occupait d'eux, leur préparait le thé et d'inoubliables petits gâteaux.

Miles, lui, était rarement là. Il avait poursuivi des études en tant qu'interne au lycée, puis était parti pour Oxford avant d'intégrer son régiment. Pour Elinor, qui le voyait de loin en loin, il était une sorte de héros inaccessible, une idole lointaine en uniforme, aussi irrésistible qu'intouchable. Elle avait ressenti pour lui un amour aussi passionné que muet, un amour d'adolescente transie, et n'avait jamais trouvé le courage de lui parler en tête à tête... jusqu'à ce soir.

Et, à présent qu'elle était revenue de la surprise de leur étrange rencontre, elle sentait la même timidité l'envahir. Se tournant vers elle, il lui servit un bol de soupe chaude qu'elle regarda d'un air dubitatif.

— Ce ne sont que des légumes, dit-il en souriant. Ça ne peut pas te faire de mal.

— Je suis désolée, Miles, mais je n'en suis pas si sûre... Je suis allergique aux oignons, répondit-elle, gênée.

12

Il la regarda un moment sans répondre puis haussa les épaules.

— Bon. Que dirais-tu d'un peu de thé?

— Volontiers, dit-elle en rougissant.

— Attends-moi ici, je vais te le préparer. J'en profiterai pour me servir un verre.

Il la laissa seule et elle ferma les yeux, essayant de se convaincre qu'il n'y avait pas de quoi s'angoisser. Elle était adulte et ses sentiments pour Miles faisaient partie de son passé, même s'il était toujours aussi attirant. Une fois de plus, elle songea qu'elle aurait mieux fait de rester chez elle à lire un bon livre plutôt que d'aller chez ses parents sans ses clés. Quelle idiote!

De toutes façons, il était trop tard pour rebrousser chemin à présent. Elle avait laissé son appartement à sa colocataire, Linda, qui comptait y passer des vacances romantiques avec son nouveau petit ami. Et il était hors de question de les déranger par un retour inopiné.

Miles ne tarda pas à revenir et lui servit une tasse de thé. Il lui tendit également une assiette de sandwichs.

— Ils sont au jambon. J'espère que tu n'es pas végétarienne...

— Non, dit-elle avec un petit sourire poli, mais tu n'aurais pas dû te donner tout ce mal.

— Si tu es venue à pied de la gare par ce froid, tu dois être affamée.

Il la regarda pensivement alors qu'elle dévorait les sandwichs.

— Quelle mouche t'a piquée? reprit-il enfin d'une voix ferme. Faire cette route, seule, de nuit... Il aurait pu t'arriver n'importe quoi.

— Je sais. D'ailleurs, je me suis retrouvée nez à nez avec un tueur psychopathe armé d'un couteau. J'ai bien cru que j'allais y rester, rétorqua-t-elle avec un pâle sourire.

Il haussa les épaules.

— Je pensais que tu étais un cambrioleur...

— Et tu m'aurais poignardée si tel avait été le cas ?

— La menace a généralement un effet suffisamment dissuasif. Reprends donc du thé.

Elinor se resservit une tasse sans quitter Miles des yeux. Elle le trouvait encore plus attirant que dans son souvenir. Sa tenue, un vieux pull-over kaki, un jean élimé et une paire de rangers qui avaient déjà dû faire quelques centaines de kilomètres, était pour le moins négligée, mais il émanait de lui un charme, une assurance, qui la troublaient. Ses yeux gris trahissaient cette extraordinaire confiance en lui qu'Elinor avait toujours connue.

De haute taille, il avait gagné à l'armée de solides épaules, un torse puissant que moulait son pull et des bras musclés. Ses traits étaient durs et décidés mais son sourire adoucissait les angles de son visage. Ses cheveux brillants possédaient l'exacte couleur du chocolat noir.

— Qu'y a-t-il ? demanda-t-il en constatant qu'Elinor l'observait attentivement.

— Eh bien..., hésita cette dernière, gênée. J'ai eu une journée difficile et je suis un peu fatiguée.

— Tu peux aller te coucher, tu sais.

— Je ne voudrais surtout pas t'attirer d'ennuis...

— Des ennuis ? Mais pourquoi ? Il y a cinq chambres magnifiques au premier en plus de la mienne et... Ah ! Je comprends ! Tu te demandes si je n'ai pas quelqu'un qui m'attend dans ma chambre ? Rassure-toi : tu ne me déranges pas. Nous sommes seuls ici.

— Merci beaucoup pour ton hospitalité, alors. Tiens ! Sers-toi, ajouta-t-elle en lui tendant l'assiette de sandwichs.

Il en prit un et commença à manger en la regardant d'un air pensif.

— Je ne crois pas qu'il soit possible de rentrer dans la maison sans faire de dégâts, dit-il enfin. Si le temps s'arrange demain, je te conseille de rentrer à Cheltenham.

14

— Non, répondit Elinor. J'appellerai Mme Crouch. C'est elle qui fait le ménage à la maison et elle doit avoir une clé.

— Pourquoi donc tiens-tu tant à t'isoler ici en plein hiver ? demanda Miles d'un ton presque réprobateur.

— Tu essaies de te débarrasser de moi, Miles ? riposta-t-elle. Je te promets que dès que j'aurai réussi à rentrer chez mes parents, je te laisserai tranquille.

— Je préférerais que tu ne restes pas toute seule dans cette grande maison vide.

— Pourquoi ? Il y a plein de gens qui vivent seuls ici en hiver...

— Mais tous ne sont pas mes voisins, dit-il d'une voix qui inquiéta soudain Elinor.

— Tu parles comme si tu avais eu de graves problèmes...

— Tu n'as pas remarqué qu'il manquait quelqu'un ici ?

— Je ne sais pas... Je... Le chien ! s'exclama soudain Elinor.

Elle venait de prendre conscience que le gros berger allemand des Hedley, les gardiens de la propriété, ne s'était toujours pas manifesté. En temps normal, il aurait commencé à aboyer dès leur arrivée.

— Hier, quelqu'un a jeté de la viande empoisonnée par-dessus la clôture. Heureusement Tom Hedley s'est levé tôt et a trouvé cette horreur avant le chien. J'ai donc envoyé Meg au chenil le temps de découvrir le responsable.

— Mais pourquoi quelqu'un ferait-il une chose pareille ? s'exclama Elinor, horrifiée.

— Je pense que quelqu'un essaie de m'impressionner. Ce n'est pas que je m'en soucie beaucoup, mais je ne voudrais pas risquer la vie de qui que ce soit d'autre. J'ai donc envoyé les Hedley en vacances jusqu'à nouvel ordre. Pour ma part, je resterai ici jusqu'à ce que j'aie découvert qui cherche à me nuire.

Elinor frémit en lisant la détermination sur le visage de Miles.

— Tu es en permission ? demanda-t-elle enfin d'une voix mal assurée.

— Non. J'ai quitté l'armée il y a quelque temps.

— Oh ! Je ne savais pas... Pourtant, tu étais promis à une brillante carrière.

— Sans doute. Mais après la guerre du Golfe, j'ai commencé à en avoir assez. J'ai attendu d'avoir trente-sept ans pour donner ma démission parce que cela me permettait d'obtenir une pension. Mais ma femme n'a pas eu autant de patience. Elle m'a quitté il y a déjà plusieurs années. Je suppose que tu étais déjà au courant...

— Oui. Ma mère m'en avait parlé. Je suis désolée.

Miles haussa les épaules.

— Ce n'était pas vraiment une surprise. Selina a tou-jours détesté l'armée et n'a jamais pu supporter mes mis-sions incessantes à l'étranger. En plus, elle avait sa propre carrière à gérer... Nous avions pris l'habitude de nous voir de moins en moins jusqu'au jour où nous nous sommes définitivement séparés.

Elinor ne répondit pas. Elle avait du mal à concevoir qu'elle était assise avec Miles et recevait ses confidences. Il lui avait toujours semblé si distant, si intouchable...

— Je dois te lasser avec mes histoires, dit-il alors en se levant. Je vais te montrer où tu peux dormir.

— Et Sophie ? demanda Elinor en se levant à son tour. Tu la vois souvent ?

Le visage de Miles parut s'adoucir à la simple évoca-tion du nom de sa fille et il sourit :

— Sophie était ici avec moi pour se remettre de sa varicelle. Je l'ai envoyée avec les Hedley dans le Shrop-shire où la sœur de Mme Hedley tient un petit hôtel. Au départ, j'avais pensé l'envoyer chez sa mère, mais elle est aux Caraïbes avec son nouvel époux...

— Tu as une idée de qui pourrait t'en vouloir à ce point ?

— Non. Mais ça pourrait être n'importe qui. Je ne me suis pas fait que des amis dans ma carrière et j'ai bousculé quelques *espoirs* dans les milieux intégristes et ultra-nationalistes ! En fait, j'espérais bien avoir mis la main sur le coupable tout à l'heure, mais je dois admettre que j'ai été déçu.

— Et si c'est ton agresseur qui te trouve le premier ?

— Alors, je n'aurai plus à me faire de souci de toutes façons ! s'exclama Miles avec un sourire cynique.

— Je suppose que je devrais m'excuser de ne pas être ton mystérieux ennemi ? demanda Elinor d'une voix moqueuse.

Miles éclata de rire :

— Tu n'as pas changé depuis que tu étais enfant... A part tes cheveux, peut-être. Ils étaient très clairs.

— Ils le sont toujours, c'est juste qu'ils sont mouillés.

Miles tendit la main et effleura la tête de la jeune femme.

— C'est vrai ! Tu ne devrais pas les laisser dans cet état-là ou tu vas attraper froid. Je vais essayer de mettre la main sur le sèche-cheveux !

— Merci... Tu sais, je n'étais pas revenue ici depuis mon enfance. Je me rappelle avoir dormi une nuit dans cette maison. Mes parents assistaient à une conférence à Londres et ta mère a proposé de me garder jusqu'à leur retour. J'ai couché dans une petite chambre qui donnait sur le parc. Il y avait du papier peint fleuri. Elle me plaisait beaucoup.

— C'est parfait. C'est justement la chambre où était installée Sophie. Tu n'as qu'à la prendre.

— Merci... J'ai bien cru que j'allais devoir camper dans le jardin de Cliff Cottage.

Elle le suivit jusqu'à la chambre qui était restée telle qu'en son souvenir. Miles posa le sac de la jeune femme au pied du lit où gisait un ours en peluche abandonné.

— Mon Dieu ! Sophie l'a oublié ?

— Non. Il habite ici, répondit Miles, embarrassé. En fait, c'était le mien quand j'étais petit mais Sophie dort toujours avec lorsqu'elle est ici.

— Dieu merci ! J'avais peur que Mme Hedley ne doive la consoler pour cette perte incommensurable !

— J'espère que non... J'ai déjà dû batailler ferme pour l'envoyer dans le Shropshire, mais je ne pouvais pas prendre le risque de la garder ici avec moi tant que je n'avais pas tiré cette affaire au clair.

— Elle te manque déjà, dit Elinor gentiment.

— Oui. Je m'étais habitué à l'avoir auprès de moi. Maintenant que Selina s'est remariée, elle va vivre ici la majeure partie du temps.

— Et qu'en dit-elle ?

— Ça lui plaît beaucoup, et à moi aussi, dit Miles en souriant.

Elinor éclata d'un rire clair :

— J'espère que tu sais à quoi tu t'engages !

— Depuis que Selina a trouvé ce rôle dans une série télévisée, elle était obligée de la confier à une nourrice qui s'occupait d'elle après l'école. Une femme charmante, qui faisait tout ce qu'elle pouvait, mais Sophie sera mieux ici. C'est un vrai garçon manqué. Toujours à courir et à salir ses vêtements. Comme toi lorsque tu étais plus jeune.

— Merci !

— Et à première vue, on ne peut pas dire que tu aies changé, ajouta Miles avec un sourire moqueur. On dirait un chien mouillé !

— Tu as parlé d'un sèche-cheveux, lui rappela Elinor.

Miles sortit en riant. Il mit un certain temps avant de dénicher l'engin promis et alors qu'il le lui donnait, elle le remercia de nouveau pour son hospitalité.

— Il n'y a pas de quoi, répondit-il. Je suis heureux de t'avoir trouvée cette nuit...

— Au fait, demanda Elinor en fronçant les sourcils, que faisais-tu dehors à une heure pareille ?

— Je fais des rondes à intervalles réguliers. J'étais près de la clôture quand j'ai entendu un drôle de bruit vers chez tes parents. Alors je suis allé jeter un coup d'œil...

— Crois-tu vraiment qu'il s'agisse d'un voleur ordinaire ? demanda Elinor. Je ne vois pas, dans ce cas, pourquoi il aurait tenté d'empoisonner Meg...

— Les cambrioleurs professionnels peuvent se montrer sans pitié, dit Miles. En l'occurrence, je préférerais que tu rentres à Cheltenham dès demain...

— Je ne suis pas en danger Miles. Si Mme Crouch a une clé, je resterai quelques jours. Ma colocataire est avec son petit ami en ce moment et je ne voudrais pas les déranger... Mais je te promets d'être prudente et de m'enfermer à clé le soir venu.

Miles haussa les épaules :

— De toutes façons, je ne peux pas exiger que tu rentres...

— C'est exact, major.

— Juste monsieur, à présent, lui rappela Miles. Mais pas pour toi, petite Nell... Tu sais, jusqu'à ce soir, je n'avais pas réalisé que tu avais grandi...

— J'ai le même âge qu'Harry pourtant. Vingt-cinq ans le mois dernier. Tiens, cela me fait penser que je l'ai vu l'autre jour. Il m'a dit qu'il avait rejoint le cabinet d'avocats de ton père. C'est bizarre, j'avais toujours pensé qu'il entrerait dans l'armée comme toi et Mark...

— Mon père aurait aimé que nous devenions tous avocats pour reprendre le cabinet et perpétuer la tradition familiale, reprit Miles avec une certaine amertume dans la voix. L'un d'entre nous au moins ne l'aura pas déçu.

— Tu n'as pas pu le décevoir, voyons, étant donné la carrière que tu as eue dans l'armée ! Peu d'hommes ont été décorés et promus aussi jeunes. Pendant la guerre du

Golfe, je me souviens que j'étais collée devant mon écran en me demandant si tu passerais aux informations. Puis Harry m'a dit que tu étais dans les forces spéciales et que je n'avais aucune chance...

— Harry parle trop, la coupa Miles brusquement. Bien, je te laisse sécher tes cheveux et te coucher. Bonne nuit, Elinor.

Elinor passa une demi-heure à sécher ses cheveux jusqu'à ce qu'ils retrouvent leur couleur naturelle, un subtil dégradé qui se déclinait du blond doré au blond cendré. Lorsqu'elle était enfant, sa mère les lui faisait couper, lassée d'avoir à les démêler sans cesse. Quand elle jouait avec Harry et Mark, on eût dit trois garçons du même âge. Mais à présent qu'elle portait ses cheveux longs et que les courbes de son corps étaient parfaitement dessinées, la méprise n'était plus possible. Elinor était bien une femme, et Miles l'avait enfin réalisé...

2.

Le lit de la chambre de Sophie était délicieusement tiède et moelleux. Epuisée, Elinor s'y pelotonna mais il lui fallut un certain temps avant de trouver le sommeil. Et, lorsqu'elle parvint enfin à s'endormir, ce fut pour sombrer dans une série de rêves inquiétants, peuplés d'inconnus qui rôdaient autour de la maison.

Elle s'éveilla soudain en sursaut de son cauchemar mais la réalité n'apaisa en rien ses angoisses. La chambre était illuminée par les lampes de sécurité du jardin qui s'allumaient dès qu'un intrus pénétrait dans la propriété.

Elle essaya de se persuader que le coupable n'était qu'un renard ou un chien errant mais l'anxiété lui étreignait la gorge. Elle se souvint tout d'un coup que Miles dormait dans l'ancienne chambre de ses parents, exactement à l'autre bout de la maison. Si quelqu'un décidait d'escalader le balcon et s'introduisait dans la chambre d'Elinor, il n'entendrait peut-être même pas ses cris. Les lumières s'éteignirent brusquement et elle demeura figée dans le noir, le cœur battant, jusqu'à ce qu'un sommeil sans rêve vînt à bout de ses craintes.

Lorsqu'elle s'éveilla de nouveau, l'aube pointait et une lumière pâle et grise baignait la chambre. Elinor gagna la fenêtre et écarta les lourdes tentures pour constater que le parc était couvert d'une épaisse couche de neige. De gros flocons immaculés continuaient de tomber, formant un rideau impénétrable.

Frissonnante, elle songea qu'il n'était pas question par ce temps de regagner Cheltenham. Mais peut-être les intempéries décourageraient-elles aussi le mystérieux rôdeur de Miles ?

La jeune femme s'habilla rapidement et le plus chaudement possible. Cliff House était équipée d'un chauffage central mais c'était une vieille demeure parcourue de courants d'air et il y faisait plutôt frais été comme hiver.

Lorsqu'elle sortit de la chambre, elle ne perçut aucun bruit dans la maison. Elle descendit en silence, espérant que Miles ne se formaliserait pas si elle prenait un café sans l'attendre. Elle avait vraiment trop besoin de se remettre de ses émotions nocturnes.

Mais lorsqu'elle pénétra dans la cuisine, elle trouva son hôte déjà attablé devant un solide petit déjeuner. La délicieuse odeur de toasts grillés, de bacon et de café qui flottait dans l'air rappela à la jeune femme qu'elle n'avait presque rien mangé la veille.

— Bonjour, dit-elle avec un sourire timide. Tout était si calme, je pensais que tu étais encore endormi...

— Je me lève tôt. C'est l'un des nombreux héritages d'années passées dans l'armée, je suppose. Assieds-toi. Les toasts et le café sont encore chauds, mais je peux aussi te faire des œufs et du bacon si tu veux.

— Non, merci. Des toasts conviendront parfaitement, fit la jeune femme en prenant place à table en face de lui.

Elle se servit une tasse de café tandis que Miles l'observait attentivement.

— Qu'y a-t-il ? demanda-t-elle, troublée par ce regard insistant.

— Tu as l'air différente, ce matin..., constata-t-il, pensif.

— Un soupçon de maquillage et des cheveux secs, voilà qui vous change une femme, s'exclama-t-elle avec un sourire.

— Peut-être... J'avais oublié que tu avais tant de

22

nuances différentes dans tes cheveux. Elles sont toutes naturelles ?

— Oui... Je n'ai jamais réussi à convaincre mon coiffeur de remettre un peu d'uniformité dans tout cela !

— C'est qu'il est homme de goût ! Ce serait vraiment dommage de changer quoi que ce soit. Il lui tendit l'assiette de toasts. Tu as bien dormi ?

— Eh bien... J'aurais dû. Le lit était vraiment confortable et j'étais épuisée, mais je n'arrêtais pas de repenser à ce que tu avais dit au sujet de ce rôdeur. Et lorsque les lumières de sécurité se sont allumées, j'ai tout de suite pensé que c'était lui...

— Je suis allé vérifier mais il neigeait trop pour distinguer quoi que ce soit à plus d'un mètre. Je pense que ce devait être un animal.

— J'ai essayé de m'en convaincre mais je n'ai pas vraiment réussi.

— Si j'avais su que tu étais réveillée, je serais venu te rassurer après ma ronde. Au fait, tu es toujours déterminée à rester ?

— Oui. Si Mme Crouch a une clé...

— Et si tel n'est pas le cas ?

— Je ferai un aller et retour en train pour aller chercher la mienne.

Miles but son café, songeur.

— Tu as l'air vraiment déterminée... Pourtant, tes parents ne rentreront pas avant quelque temps. Est-ce indiscret de te demander pourquoi tu tiens tant à rester toute seule ici ?

Elinor hésita, puis finit par avouer, sans lever les yeux de son assiette :

— Je me suis séparée de l'homme avec lequel je viens de passer un an.

— Vous vous êtes séparés d'un commun accord ?

— Non. La rupture a été difficile mais finalement j'ai décidé de partir. Je ne pouvais plus rester avec lui...

23

— Pauvre petite Nell, dit Miles avec un sourire tendre en remplissant de café la tasse de la jeune femme.

— Ne m'appelle pas comme ça ! protesta-t-elle. Même Harry et Mark n'osent plus le faire... J'ai grandi, tu sais !

— Eh ! Ne t'énerve pas ! s'exclama Miles en levant les mains comme pour se défendre. Je promets que je ne recommencerai plus. Mais je ne suis pas d'accord avec toi : tu es toujours petite. Extrêmement jolie... mais petite.

Elle sourit involontairement et secoua la tête.

— Voilà qui est mieux, dit son hôte. Dis-moi, tu es partie parce que ton ami avait une liaison ?

— Non. Mais nous nous disputions... C'étaient des scènes permanentes.

— Je vois. Tu as préféré revenir ici pour échapper à ses récriminations.

— Oui. Je dois l'admettre. Oliver est un garçon très gentil, mais je commençais vraiment à être désespérée de devoir faire comme si tout allait pour le mieux dans le meilleur des mondes...

— Gentil ? s'exclama Miles. Le pauvre ! J'espère bien que jamais une femme ne me qualifiera de gentil...

— Ne t'inquiète pas, Miles. Je doute que cela t'arrive jamais, rétorqua Elinor avec un sourire amusé.

— Je suis soulagé. Et ton Olivier voulait être un ami, un amant ou un mari ?

— Les trois, je suppose. Il avait réussi à gagner les deux premiers qualificatifs, mais quand il s'est mis à parler de mariage, à me poser des questions sur la date, j'ai commencé à prendre mes distances. Il m'en a voulu, m'a accusée de l'avoir mené en bateau, disant que lorsque nous étions devenus amants, il avait considéré que j'acceptais implicitement de l'épouser... C'est ce que je croyais, d'ailleurs, à l'époque. Il m'a même présentée à sa famille à Noël. Mais dimanche dernier, j'ai brusquement été saisie d'une sensation d'étouffement. J'ai réalisé que je n'avais pas envie de passer ma vie avec lui à refaire sans cesse les mêmes choses...

— Alors tu as eu raison de partir, dit Miles d'un ton grave. Le mariage est déjà un engagement difficile, même lorsque les deux partenaires sont persuadés que chaque jour sera meilleur que le précédent...

— C'est ce que tu as vécu ?

— Oh, oui ! s'exclama Miles avec un sourire sarcastique. J'ai rencontré Selina alors que j'étais encore à Sandhurst. Nous étions si amoureux que nous nous sommes mariés juste après le bal de fin d'études. Mais, pourtant, cela n'a pas marché. Je crois que nous étions trop jeunes pour être vraiment conscients de ce qu'un mariage signifiait. Et nous avons mûri différemment l'un de l'autre. Moi, dans l'armée, elle sur scène... Alors nous nous sommes séparés et elle a épousé un homme riche. J'espère qu'elle sera plus heureuse ainsi.

Une fois encore, Elinor fut frappée de l'étrangeté de la situation. Se retrouver en tête à tête avec Miles dans cette grande maison vide, à discuter de faits intimes dont elle n'avait encore soufflé mot à âme qui vive, lui paraissait totalement surréaliste.

— Tu as l'air songeuse, constata Miles après un long silence.

— Je pensais que c'était bizarre de me sentir aussi bien avec toi. Avant, tu me faisais terriblement peur.

— Peur ? s'étonna-t-il. Mais pourquoi ?

— Eh bien..., commença-t-elle, hésitante. Mark et Harry te craignaient beaucoup lorsque nous étions enfants, et tout naturellement je ressentais la même chose... J'avais treize ans et j'étais très impressionnable lorsque tu as épousé Selina. Quand ma mère est revenue de ton mariage et qu'elle me l'a raconté, j'ai pensé que c'était comme un conte de fées. La garde d'honneur sabre au clair, la belle Selina dans sa longue robe blanche, et toi, en uniforme...

— Le conte de fées a vite tourné court, répliqua Miles avec un sourire railleur, surtout après la naissance imprévue de Sophie. Selina n'était pas prête à être mère...

Il s'interrompit et regarda Elinor d'un air où se mêlaient surprise et embarras :

— Je suis désolé de t'importuner avec mes histoires. Je ne comprends même pas pourquoi j'en parle alors que, d'habitude, c'est un sujet que je m'efforce d'éviter.

— Je n'avais jamais parlé à qui que ce soit de mes problèmes avec Oliver...

Un silence inconfortable s'installa dans la pièce et Elinor se leva pour briser la gêne qui venait de s'installer.

— Est-ce que je pourrais passer un coup de téléphone à Mme Crouch ?

— Bien sûr, si tu es certaine de vouloir rester...

— Je le suis !

— Il y a un téléphone dans l'entrée et un dans le salon. Où habite Mme Crouch, déjà ?

— A un kilomètre et demi d'ici, sur Springfield Lane. Merci pour le petit déjeuner, ajouta-t-elle avec un sourire.

Mme Crouch se trouvait bien chez elle. Le retour inattendu d'Elinor ne manqua pas de la surprendre mais elle lui confirma qu'elle avait bien une clé qu'elle mettrait à sa disposition.

La jeune femme raccrocha et retourna dans la cuisine où Miles achevait de débarrasser la table.

— Tout va bien. Elle a effectivement une clé. Je vais pouvoir te laisser tranquille.

— Attends, tu ne peux pas y aller comme ça ! Je vais sortir la Range Rover. Et quand tu seras installée dans le cottage de tes parents, je veux que tu m'appelles régulièrement pour me confirmer que tout va bien.

— J'aimerais savoir à quoi tu t'attends, dans toute cette histoire, Miles.

— Je l'ignore pour le moment, mais je finirai bien par le trouver. D'ici là, j'aimerais juste que tu prennes quelques précautions. Je n'avais pas prévu ton arrivée...

26

— Ne t'inquiète pas pour moi, Miles. Tout ira bien. Le congélateur de mes parents doit être plein, et j'ai apporté quelques vidéos et quelques livres avec moi.

— C'est donc pour cela que ton sac est si lourd ! Bon, je vais te conduire jusqu'à la maison, je mettrai le chauffage puis nous repasserons ici pour déjeuner et prendre tes affaires.

— Oui, major !

— Non ! Plus de major ! Tiens, prends ça, dit-il en lui tendant une parka fatiguée. Ton imperméable est encore humide et je ne voudrais pas que tu attrapes froid.

Il remonta les manches de la parka et lui attacha la ceinture, comme il l'aurait fait pour Sophie. Puis il lui tendit un chapeau informe :

— C'était le chapeau de pêche d'Harry. Il n'est pas très seyant, mais il t'évitera d'avoir les cheveux trempés.

Une demi-heure plus tard, ils étaient de retour à Cliff Cottage et Miles ordonna à Elinor de l'attendre à l'extérieur tandis qu'il fouillait la maison de fond en comble.

— Mais comment veux-tu que quelqu'un ait pénétré ici ? lui demanda-t-elle avec une pointe d'impatience. Tout était fermé lorsque je suis arrivée !

— Il y a peu de chances étant donné l'alarme que ton père a fait installer, mais je préfère vérifier.

— Tu vas finir par me rendre nerveuse avec toutes ces histoires, dit-elle en se rendant dans la cuisine.

— Très bien. Si tu es nerveuse, tu resteras sur tes gardes. Bon, je vais allumer le chauffe-eau.

Une fois qu'ils eurent ouvert les volets et remis le chauffage en marche, Miles ramena la jeune femme chez lui. La neige avait cessé de tomber et Elinor put avec plaisir ôter le chapeau ridicule dont Miles l'avait affublée.

Ce dernier téléphona aux Hedley et discuta longuement

avec sa fille. Lorsqu'il revint dans la salle à manger où Elinor avait dressé la table, il rayonnait de joie.

— Sophie a enfin daigné me pardonner. Je crois que c'est surtout parce que la sœur de Mme Hedley a une chienne labrador nommée Daisy qui vient de mettre au monde une portée de six chiots. Ma fille paraît décidée à l'aider à les élever.

Elinor éclata de rire et lui tendit une tasse de café.

— J'espère que la chienne lui en sera reconnaissante...

— Elle, je ne sais pas, mais moi, oui, assura Miles, soudain redevenu sérieux. Sophie ne comprenait pas pourquoi je l'avais éloignée avec les Hedley ni pourquoi j'avais mis Meg au chenil. Daisy l'aidera à oublier son chagrin.

— Oui. Cela vaut certainement mieux que de lui dire la vérité... Que veux-tu manger, Miles ?

— Mme Hedley m'a laissé quelques plats au congélateur, mais je ne garantis pas qu'ils ne contiennent pas d'oignons. Alors je pense que je vais faire une salade composée...

— Je m'en occupe !

Elle se dirigea vers la cuisine et commença à couper des tomates pendant que Miles faisait chauffer de la bisque de homard dont il avait découvert une boîte dans l'un des placards.

Bientôt, la salade fut prête et la soupe chaude et ils passèrent à table.

— Si j'avais su que j'aurais un visiteur, dit Miles lorsqu'ils eurent fini, j'aurais demandé à Mme Hedley de préparer un dessert. Je ne suis pas fanatique de plats sucrés mais Sophie adore la glace. Il doit y en avoir au congélateur.

— Merci, mais je m'en passerai. Généralement, il me suffit de poser les yeux sur un dessert pour prendre un kilo ! Un petit régime ne me fera pas de mal.

— Dis-moi, demanda soudain Miles, est-ce qu'Oliver sait où tu te trouves ?

— La seule personne à qui j'ai signalé que je venais ici est ma meilleure amie, Linda. Mais comme elle ne le porte pas dans son cœur, cela m'étonnerait beaucoup qu'elle le lui dise... De toutes façons, ajouta-t-elle avec une pointe d'amertume, cela m'étonnerait beaucoup qu'il lui demande quoi que ce soit.

— Il se sera probablement calmé avec le temps...

— J'en doute. J'ai dû blesser sa fierté au moins autant que ses sentiments.

— Il y a peu d'hommes qui aiment être abandonnés de la sorte, dit Miles d'un air sombre.

— Tu penses vraiment que c'est toi que Selina a abandonné? demanda Elinor. Je crois plutôt que c'est de l'armée qu'elle a divorcé, tu sais.

— Merci de restaurer mon ego, ironisa Miles, mais la vérité est que Selina a trouvé quelqu'un d'autre pendant que j'étais au loin pour servir Sa Majesté... Quelqu'un qui serait là quand elle aurait besoin de lui, au lieu d'aller jouer à la guerre à l'autre bout du monde. Quelqu'un qui aurait les moyens de l'entretenir dans le luxe quand elle se trouverait sans engagement. Il haussa les épaules. Selina est avisée. Elle sait parfaitement que sa carrière se jouera sur sa beauté. Ce n'est pas une grande actrice et lorsque sa beauté s'affadira, elle se retirera pour vivre confortablement de l'argent de l'empire pharmaceutique de Lloyd Forbes...

— Je vois. Et tu lui en veux toujours?

— Oui, mais seulement parce que ce divorce a fait du mal à Sophie. C'est la raison pour laquelle je suis revenu m'installer ici à Stavely. Je veux lui offrir une certaine stabilité. L'année prochaine, elle ira à l'école du village et pas en pension comme le voulait Selina.

— En pension! s'exclama Elinor, choquée. A sept ans! Pauvre petit chou...

— C'est ce que j'ai pensé... J'avais treize ans lorsque je suis parti de la maison pour faire mes études et, crois-

moi, c'était bien assez dur comme cela ! J'ai versé suffisamment de larmes en secret dans ma chambre.

— C'est vrai ? s'étonna la jeune femme. Je n'étais
qu'un bébé, à cette époque.

— C'est vrai, dit-il en la regardant étrangement.

— Mais les années ont atténué notre différence
d'âge..., reprit-elle hâtivement

— Tu m'en vois ravi ! s'exclama Miles en riant. Pendant un instant, je me suis senti comme Mathusalem.

Ils débarrassèrent la table et, au moment de partir, Elinor se rendit compte qu'elle répugnait à quitter la chaleur
et la sécurité de la maison de Miles. Mais elle n'avait pas
d'excuse pour rester.

— Je vais y aller... Je voudrais être au cottage avant la
nuit.

— Tu as peur ?

— Non, pas vraiment... Je veux juste pouvoir m'installer tranquillement, voir ce qu'il y a dans le congélateur...

— Tu sais, si tu ne te sens pas en sécurité là-bas, il
vaut mieux que tu restes ici...

Elle lutta contre l'envie qu'elle avait d'accepter.

— Merci, Miles, mais je ne vais pas te déranger plus
longtemps.

Dehors, la neige avait recommencé à tomber et Miles
la conduisit en voiture jusqu'à la maison de ses parents. Il
l'aida à porter son sac à l'intérieur puis prit congé.

— N'oublie pas de m'appeler régulièrement pour me
dire que tout va bien, d'accord ?

Elinor acquiesça avec empressement et le remercia une
nouvelle fois pour son hospitalité. Lorsqu'il fut parti, elle
ferma soigneusement la porte d'entrée et alluma toutes
les lumières pour chasser l'angoissante obscurité qui
avait envahi la maison.

Elle se dirigea ensuite vers sa chambre, heureuse de retrouver ce décor familier. Rien n'avait changé ici depuis

30

son adolescence. Même le fauteuil se trouvait à la même place. Ce fauteuil où elle avait passé tant d'heures à rêver éveillée à d'imaginaires avenirs dorés. Elle se souvint avec amusement que Miles faisait partie de nombre de ces visions.

Elle commença à ranger ses vêtements et les quelques livres qu'elle avait apportés puis en prit un et retourna au rez-de-chaussée. Elle alla jeter un coup d'œil au congélateur qui, comme elle l'avait prévu, regorgeait de délices. Elle pouvait vivre plusieurs jours sans avoir à faire de courses.

Elle alla enfin s'installer dans le salon où elle se pelotonna sur le canapé avec le livre qu'elle avait choisi. Mais, curieusement, malgré la tranquillité qui régnait dans la maison silencieuse, elle ne parvint pas à se concentrer. Son attention s'étiolait à mesure qu'elle avançait dans sa lecture.

Agacée, elle alla se préparer une tasse de thé et revint s'asseoir. Elle venait de se replonger dans son roman lorsque le téléphone sonna. Elle alla répondre, s'attendant à entendre Linda ou Miles.

— Allô? s'exclama-t-elle d'une voix joyeuse.

Seul lui répondit un étrange silence, suivi d'un rire rauque et étouffé qui lui fit dresser les cheveux sur la tête.

— Allô? répéta-t-elle, avec colère. Qui est à l'appareil?

Mais son mystérieux interlocuteur raccrocha. Elinor reposa le combiné d'une main mal assurée. D'abord, Miles avec ses histoires de cape et d'épée, et maintenant, ce plaisantin qui prenait plaisir à l'effrayer... Voilà qui commençait a faire beaucoup!

Furieuse de s'être laissé impressionner, elle retourna dans la cuisine se refaire du thé et revint dans le salon. Le téléphone sonna encore à deux reprises dans les minutes qui suivirent, avec chaque fois le ricanement terrifiant au bout du fil. Plus effrayée qu'elle voulait bien se l'avouer, elle décida d'appeler Miles pour lui faire part de cet étrange manège mais il n'était pas chez lui. Elle laissa alors le téléphone décroché, par peur d'un nouvel appel.

Elinor se sentit soudain très seule et affreusement vulnérable. Pour tenter de chasser l'angoisse diffuse qu'elle sentait monter en elle, elle se mit en devoir de cuisiner. Elle alluma la radio et commença à préparer des tagliatelles à la tomate et au basilic. Cette activité familière apaisa sa tension nerveuse et elle retrouva peu à peu son calme. Elle parvint même à se convaincre que les appels anonymes étaient chose fréquente et n'avaient sans doute aucun lien avec le mystérieux rôdeur de Miles.

Elle dîna sur un plateau devant la télévision, puis lut pendant un moment avec la radio en bruit de fond. Vers 10 heures, elle décida qu'il était temps d'aller se coucher. Mais il lui fallut faire appel à toute sa volonté pour trouver le courage d'éteindre les lumières du rez-de-chaussée. Elle finit par en laisser deux allumées, au cas où elle aurait besoin de redescendre durant la nuit.

Elle prit un bain chaud qui acheva de la détendre puis alla se coucher avec son livre. Elle songea que c'était la première fois qu'elle dormait seule dans cette maison. Revenir ici lui avait paru une très bonne idée pour éviter de nouvelles scènes usantes avec Oliver mais elle commençait à le regretter. Après tout, se dit-elle, c'était la faute de Miles ou celle de cet imbécile qui lui avait déclaré une guerre des nerfs. Tout ce qui arrivait était dirigé contre Miles Carew, pas contre Elinor Gibson !

Cette idée la réconforta quelque peu, et elle posa son livre pour aller raccrocher le téléphone. Elle retourna ensuite se coucher, sans pour autant éteindre sa lampe de chevet ni la radio qu'elle avait laissée en sourdine.

La sonnerie du téléphone la fit sursauter au moment où elle commençait à s'endormir. Elle se dressa dans son lit, le cœur battant à tout rompre, espérant que son correspondant, quel qu'il fût, finirait par se lasser. Mais les sonneries continuèrent de déchirer le silence, lancinantes. Elle finit par se lever et alla décrocher dans la chambre de ses parents. La peur rendait sa voix rauque lorsqu'elle répondit.

— Elinor! Je t'avais dit de m'appeler pour me dire que tout allait bien! J'ai appelé plusieurs fois mais ça sonnait toujours occupé. Pourquoi n'as-tu pas téléphoné, bon sang?

— Oh, Miles! C'est toi, soupira la jeune femme en s'asseyant sur le lit de ses parents.

— C'est du soulagement ou de la déception que j'entends dans ta voix?

— Du soulagement. Je t'ai appelé en début de soirée mais tu n'étais pas là.

— J'étais sans doute allé patrouiller aux alentours.

— Tu ne devrais pas faire une chose pareille. Je ne voulais pas t'inquiéter mais il faut que tu saches que j'ai reçu des appels anonymes un peu plus tôt...

— Et tu ne me l'as pas dit? Elinor, ça suffit! Tu viens passer la nuit ici. Je ne veux pas prendre le risque qu'il t'arrive quoi que ce soit.

— Ce n'est pas la peine... Ces appels étaient sans doute une coïncidence sans aucun rapport avec toi...

Elle poussa soudain un cri d'angoisse alors que la maison était brusquement plongée dans les ténèbres.

— Elinor? s'écria Miles à son oreille. Que se passe-t-il?

— L'électricité a été coupée, dit-elle d'une voix chevrotante. Tu as toujours de la lumière?

— Oui. Bon, écoute! ordonna-t-il. Reste là où tu es et ne bouge pas. J'arrive dans cinq minutes. Je frapperai à la porte d'entrée trois coups longs et trois coups brefs pour que tu sois sûre que c'est moi.

Il raccrocha. Elinor resta assise dans l'obscurité de la chambre de ses parents, le cœur battant. Jamais elle n'aurait cru que la maison familiale puisse devenir soudain synonyme d'angoisse et de crainte. Chaque craquement du bois la faisait sursauter violemment et il lui sembla qu'une éternité s'écoulait avant qu'elle n'entende des coups frappés à la porte de derrière.

Trois coups longs et trois brefs répétés régulièrement. Elle sortit de sa torpeur et se força à se lever et à descendre l'escalier à tâtons. Elle traversa la cuisine, sentant le contact glacé du carrelage sous ses pieds nus.

— Elinor ! C'est moi, c'est Miles ! Elinor ! Réponds !

D'une main que le soulagement rendait malhabile, elle déverrouilla la porte. Miles entra aussitôt dans la pièce et referma à clé derrière lui avant de se tourner vers elle :

— Je vais vérifier le reste de la maison. Attends-moi ici !

— Pas question ! Je viens avec toi.

Ils firent silencieusement le tour de la maison, fouillant scrupuleusement chaque pièce. Lorsque Miles fut certain qu'ils étaient seuls, il ramena la jeune femme dans sa chambre et ferma la porte derrière eux. Elinor s'effondra plus qu'elle ne s'assit dans le lourd fauteuil près de son lit.

Miles promena la torche autour de la pièce et alla allumer les bougies qui ornaient le bureau victorien. Il se tourna alors vers elle, plus impressionnant que jamais dans la faible lumière tremblotante.

— Je t'éclairerai pendant que tu feras ton sac. Ne prends que le nécessaire. Plus vite nous serons hors d'ici et mieux cela vaudra.

— Mais...

— Il n'y a pas de mais. Fais ce que je te dis, et vite, commanda-t-il d'une voix sèche.

Elinor, troublée par cette soudaine marque d'autorité, commença à rassembler ses affaires, songeant que la situation était sans doute moins anodine qu'elle ne l'avait d'abord pensé. Elle ne prit que l'essentiel et se vêtit à la hâte puis s'approcha de Miles qui lui tournait le dos, observant la neige à travers la fenêtre de la chambre.

— La voix au téléphone, c'était celle d'un homme ou d'une femme ?

— Celle d'un homme. Douce et pourtant pleine de haine, précisa-t-elle en frissonnant.

— Pourquoi n'as-tu pas insisté pour me joindre ?

— Je ne voulais pas te déranger inutilement, c'est tout, murmura Elinor en enfilant son blouson en peau de mouton retournée.

— Bon sang, Elinor ! Quelle inconscience ! dit-il avant de souffler les bougies. Allons-y à présent, ajouta-t-il en se tournant vers elle.

Ils descendirent l'escalier aussi vite que le leur permettait l'absence de lumière puis traversèrent le hall jusqu'à la porte d'entrée. Miles verrouilla la porte derrière eux et saisit la main d'Elinor, puis ils coururent dans le parc qui séparait les deux maisons.

La jeune femme avait l'impression que son cœur allait exploser lorsqu'ils parvinrent enfin en vue de Cliff House. Les lumières s'allumèrent automatiquement alors qu'ils entraient dans le jardin. On aurait dit qu'ils venaient de pénétrer par mégarde sur un plateau de tournage. De fait, songea Elinor à bout de souffle, tout cela commençait vraiment à ressembler à un film d'aventures...

Lorsqu'ils furent enfin à l'intérieur, l'angoisse qui l'avait habitée depuis que le coup de téléphone de Miles l'avait tirée du lit commença à s'atténuer légèrement. Elle retira son blouson, les jambes encore tremblantes de leur course éperdue et de la peur qu'elle avait éprouvée.

Miles la poussa d'autorité jusqu'à la cuisine où il la fit asseoir. Puis il mit de l'eau à chauffer avant d'appeler les services d'urgence de la compagnie d'électricité. Enfin, il s'assit face à elle, la regardant avec une soudaine gravité, comme pour donner plus de poids à ses paroles.

— Elinor. Il est temps que tu prennes tout cela au

sérieux. Tu penses sans doute que je fais tout un cinéma pour rien, mais tu te trompes. Je suis certain que quelqu'un essaie de m'atteindre. Il ne veut sans doute pas me tuer, sinon, je pense qu'il l'aurait déjà fait... Mais je veux que tu saches que j'ai aussi reçu des coups de téléphone anonymes. Je ne t'en ai pas parlé parce que je ne voulais pas t'effrayer outre mesure mais j'aurais peut-être dû.

Elle le regarda, soudain très pâle, les yeux agrandis par la surprise et par l'appréhension.

— De plus, s'il y avait eu une panne d'électricité, j'aurais probablement dû en pâtir ici aussi, ajouta-t-il en lui tendant une tasse de café. Cela signifie donc que quelqu'un l'a délibérément coupée chez toi.

— Mais si c'est à toi que ce type en veut, pourquoi s'attaquer à moi ? demanda Elinor, stupéfaite.

— Justement. Si j'ai raison, il est parfaitement entraîné comme je l'ai été moi-même et il m'a longuement observé avant d'agir. Peut-être pendant des jours et des jours sans que je m'en aperçoive. Il sait comment je vis, il connaît mes habitudes... Et il sait surtout qu'il ne pourra pas m'effrayer directement. En revanche, le meilleur moyen de m'affaiblir est de s'attaquer aux gens qui m'entourent. Je pensais que je n'avais plus de talon d'Achille à présent que Sophie est avec les Hedley mais tu es arrivée...

— Et il a compris qu'il te mettrait en colère en s'attaquant à moi ?

— En quelque sorte... Bien que le terme de colère ne soit sans doute pas celui que j'aurais choisi... J'ai eu tort de te laisser emménager au cottage aujourd'hui.

— Eh ! Tu ne m'as pas « laissée » emménager ! C'est moi qui l'ai décidé ! J'ai refusé de rentrer à Cheltenham malgré tes recommandations. Tu n'y es pour rien... C'est ma responsabilité, major.

— Plus maintenant, déclara Miles en buvant son café.

Si je pouvais te mettre dans le train, je le ferais tout de suite. Mais le service a été interrompu sur les petites lignes aujourd'hui. Demain, cependant, je te ramènerai en voiture.

— Certainement pas! s'exclama la jeune femme.

— Si. Même si je dois pour cela t'installer dans un hôtel. Il est hors de question que tu restes ici une journée de plus.

Elinor le regarda d'un air de défi mais la sonnerie du téléphone la fit sursauter. Miles se leva et alla décrocher.

— Oui? fit-il d'un ton rogue.

Il attendit un moment puis raccrocha.

— C'était notre ami, dit-il à la jeune femme.

Il reprit sa place et l'observa avant de sourire ironiquement.

— D'après ton expression, je vois que tu commences à être convaincue.

— Oui, murmura-t-elle avant d'avaler difficilement une gorgée de café. Tu as appelé la police?

Il secoua la tête.

— Je ne le ferai qu'en dernier recours. Après tout, qu'est-ce que j'ai à leur dire? Il n'y a eu ni cambriolage ni dommages causés à ma propriété. Et l'homme ne profère aucune menace au téléphone. Quant à la coupure d'électricité chez toi, elle aurait pu être due à la neige... Je suis obligé de m'occuper de cette affaire moi-même.

— En tout cas, dit Elinor en frissonnant, si c'est une guerre des nerfs, elle fonctionne parfaitement en ce qui me concerne. Je crois que je ne pourrai pas dormir avec la lumière éteinte cette nuit.

— Alors pourquoi diable as-tu donc tant insisté pour rester?

— Par fierté, dit-elle avec un pâle sourire. Je ne voulais pas que tu crois que j'avais peur. Mais pour être tout à fait honnête, j'ai vraiment dû me forcer pour quitter ta maison cet après-midi.

37

Miles sourit, comme attendri par cette soudaine confession.

— Même enfant, tu étais déjà orgueilleuse...

— Tu ne me connaissais même pas quand nous étions enfants...

— Faux ! Harry et Mark ne cessaient de me parler de toi. Et quand tu n'étais pas là, les vacances étaient beaucoup plus calmes...

— En un mot, c'est lorsque je n'étais pas là que tu me remarquais !

— J'aimerais que tu ne sois pas là en ce moment, soupira Miles.

Elinor lui jeta un regard de reproche mais il lui sourit gentiment.

— Je dis cela pour ta propre sécurité, Elinor. Sans cela, je ne demanderais pas mieux que d'avoir le plaisir de ta compagnie.

— Eh ! Pas la peine d'arrondir les angles. J'ai compris le message. Je suppose que je dors de nouveau dans la chambre de Sophie ?

— Non, Elinor, fit Miles en se levant. Pas ce soir. Ce soir, tu partages ma chambre.

3.

Elinor le regarda, tellement éberluée que Miles éclata de rire.

— Je suis heureuse que tu trouves ça drôle ! s'exclama-t-elle, furieuse.

— Non, Elinor ! Crois-moi, il n'y a rien de particulièrement drôle dans cette histoire, dit Miles, ayant soudain recouvré tout son sérieux. Mais si tu dors à l'autre bout de la maison, je ne pourrai pas garantir ta sécurité au cas où notre ami déciderait de s'introduire ici par effraction... Je n'avais pas d'autre idée en tête que cela.

— Tu aurais pu le dire de façon plus claire !

— Rappelle-toi, je ne suis qu'un simple militaire ! Je ne maîtrise pas toutes les subtilités du langage...

— Et moi je suis le Père Noël !

Ils se mesurèrent un moment du regard, puis Miles sourit.

— J'aurais peut-être dû mentionner dès le départ que ma chambre s'ouvre sur une pièce qui me sert de garde-robe. Il y a là un autre lit dans lequel tu pourras dormir à l'abri de toute intrusion inopportune. Notre ami devra d'abord passer par moi pour t'atteindre, et je ne lui en laisserai pas l'occasion.

Elinor se sentit soudain très embarrassée.

— Je suis désolée, murmura-t-elle.

— Pourquoi ?

39

— Pour avoir mal compris ta proposition... Et pour te causer tout cet embarras.

Miles prit son sac et la précéda dans l'escalier.

— Je n'irai pas jusqu'à dire que tu n'es pas une responsabilité, mais cela a ses compensations. A part Sophie, je n'ai pas eu l'occasion d'apprécier la délicieuse compagnie des femmes ces temps-ci...

— Selina n'a donc pas de remplaçante, ne put s'empêcher de demander Elinor.

— Non, répondit Miles sèchement, en désignant une porte sur le palier du premier étage. C'est une salle de bains qui mène à *mes quartiers*. Je fermerai cette porte de l'intérieur cette nuit mais tu pourras y accéder en passant par ma chambre au cas où tu en aurais besoin.

Souhaitant ardemment ne pas en éprouver la nécessité, Elinor contempla la salle de bains, admirative. Elle ne se souvenait pas l'avoir jamais vue. Les murs blancs étaient décorés de petits carreaux de faïence bleue ornés de motifs champêtres. Une vaste baignoire ancienne occupait un coin de la pièce. Des plantes vertes étaient disposées sur le manteau de la vieille cheminée remise à neuf. Deux fenêtres masquées par des stores s'ouvraient sur la rivière Wye.

— On dirait une page du magasine *Maisons et Châteaux*! s'exclama la jeune femme.

— Je l'ai fait refaire pour Selina, mais elle est partie avant même que ce soit fini.

Gardant ses pensées pour elle-même, Elinor le suivit jusqu'à sa chambre. C'était une vaste pièce meublée d'un grand lit, d'une armoire ancienne de style rustique et d'une coiffeuse victorienne. Le velours tabac qui tapissait les deux chaises situées de part et d'autre du lit, était décliné en rappel sur les lourdes tentures qui masquaient les fenêtres.

— C'est vraiment une très jolie chambre, dit Elinor, d'un ton appréciateur.

40

— Merci. Je l'ai refaite après la mort de mes parents...
Suis-moi.

Il se dirigea vers une porte qui s'ouvrait sur une pièce plus petite où étaient installés des placards qui couvraient deux murs. Le long du troisième était installé un lit ainsi qu'un miroir en pied. Le quatrième était percé de deux larges fenêtres.

— J'espère que tu seras à ton aise ici.

— Certainement, dit Elinor en lui souriant avec gratitude. Mais je suis désolée de te donner tout ce mal...

— Je préférerais que tu sois tranquillement chez toi à Cheltenham, mais puisque tu es ici, il vaut mieux que je te garde à l'œil plutôt que de te laisser seule dans le cottage de tes parents... Bon, je vais faire le tour du parc. Lorsque je reviendrai, j'espère que tu seras déjà au lit et endormie.

— Bien, major, dit Elinor en faisant un salut militaire.

— Je suis heureux de voir que tu n'as pas perdu ton sens de l'humour, petite Nell !

Elinor se prépara rapidement pour la nuit, se représentant soudain combien Miles avait raison. Lorsqu'elle était seule dans la maison de ses parents, toute cette histoire lui paraissait terrifiante. Mais à présent qu'elle était sous la garde personnelle de Miles Carew, ancien membre des forces spéciales, elle ne pouvait s'empêcher de sourire de l'aspect parfaitement rocambolesque de la situation.

Elle n'avait encore jamais dormi avec un autre homme qu'Oliver. Et, même avec lui, l'expérience ne lui avait pas semblé naturelle, comme si c'était un étranger qui partageait sa chambre. Et voilà qu'elle acceptait de partager celle de Miles qu'elle connaissait si peu... Pourtant, au bout de vingt-quatre heures à peine, elle commençait à avoir le sentiment qu'il était la personne qu'elle connaissait le mieux au monde.

Ce devait être l'effet de la tension, songea-t-elle en se mettant au lit. Le genre d'amitié qui unissait les soldats pendant la guerre et qui se réduisait à un sentiment de communauté face au danger. En fait, elle n'était même pas sûre d'aimer Miles... Mais elle était sûre du moins que, tant qu'il serait là, elle serait en sécurité.

Et entre eux, à présent qu'elle s'était débarrassée de la crainte qu'il lui avait toujours inspirée, pouvait naître une amitié semblable à celle qui l'avait liée à ses frères cadets.

Un coup léger fut frappé à sa porte.

— Elinor ? murmura Miles.

— Je dors ! dit-elle dans un rire étouffé.

— Bien, alors continue jusqu'à demain matin !

— Bien, major !

— Bonne nuit ! dit-il en riant.

Elinor s'éveilla en sursaut. La lumière avait envahi sa chambre et elle pensa tout d'abord qu'il faisait jour avant de comprendre que les lumières du jardin étaient toutes allumées. Elle sauta du lit et ouvrit la porte pour se trouver nez à nez avec Miles qui s'apprêtait à y frapper.

— Pas de panique, dit-il en l'entraînant jusqu'à la fenêtre. Regarde qui est responsable de cette alerte.

Elinor regarda attentivement et vit une ombre se faufiler à la limite de la zone illuminée.

— Un blaireau ! s'exclama la jeune femme. C'est la première fois que j'en vois un !

— Je crois qu'il habite près de la falaise. Il doit avoir été surpris alors qu'il rentrait dans sa tanière...

— Il aurait pu choisir un autre soir ! J'ai éprouvé la peur de ma vie. Je croyais que c'était notre rôdeur...

— Si ça avait été lui, nous ne l'aurions pas vu, dit Miles.

— Pourquoi ?

42

— Parce qu'il doit savoir que le système de sécurité est branché et qu'il ne se laisserait pas piéger aussi facilement. Il s'agit de quelqu'un de bien entraîné, j'en suis sûr... Retourne te coucher à présent ou tu vas attraper froid.

De fait, Elinor tremblait malgré l'épais pyjama qu'elle avait enfilé. Mais elle n'était pas certaine que ce soit de froid et non de peur à l'idée qu'un membre des services spéciaux d'un pays étranger guettait quelque part dans l'ombre, attendant qu'ils fassent quelque faux pas pour frapper.

Lorsqu'elle fut recouchée, Miles lui proposa une tisane pour la réchauffer.

— Non, je me sens déjà mieux, répondit-elle, repoussant la pensée de laisser Miles quitter la pièce, même le temps de descendre au rez-de-chaussée... Merci de m'avoir montré notre intrus...

— Je préférais ne pas te laisser imaginer Dieu sait quelle horreur...

— Tu as eu raison. Bonne nuit.

— Bonne nuit. Tu veux que je laisse la porte ouverte ?

— Oui, s'il te plaît.

— Et si je ronfle ?

— Cela n'a pas été le cas jusqu'à présent.

— Je vois... Tu as mis du temps à t'endormir. Repose-toi, Elinor. Demain, tu seras en sécurité chez toi.

— Bonne nuit, dit-elle de nouveau pour éviter d'avoir à répondre à cet ordre déguisé.

Il sortit et retourna se coucher. La jeune femme resta longuement immobile, allongée dans le noir, les yeux grands ouverts. Elle ne pouvait s'empêcher de sentir l'angoisse monter en elle chaque fois qu'elle repensait à leur mystérieux ennemi.

**
*

Elle s'éveilla le lendemain matin, surprise d'avoir pu trouver le sommeil. Elle s'assit au bord de son lit et regarda par la fenêtre. La neige avait dû redoubler pendant la nuit et continuait de tomber à gros flocons tourbillonnants. Une épaisse couche blanche couvrait la campagne à perte de vue, comme si le monde entier avait été recouvert d'une couverture de coton immaculé.

Elinor sauta du lit. Elle ne pouvait s'empêcher de trembler malgré le radiateur réglé au maximum. Elle jeta un coup d'œil dans la chambre de Miles et constata qu'elle était vide. Le lit était fait et tout était méticuleusement rangé. Elle alla prendre une douche et enfila ses vêtements les plus épais puis descendit pour trouver son hôte attablé dans la cuisine devant une tasse de café et d'appétissants toasts beurrés.

— Bonjour, fit-il en se levant pour l'accueillir. Tu as bien dormi ?

— Oui, à ma grande surprise... Et plus longtemps que je n'aurais dû, j'en ai peur. Je suis désolée de m'être levée si tard.

— Oh, il n'y a pas de quoi ! Tu n'es pas pressée... Ce n'est pas aujourd'hui que je pourrai te ramener à Cheltenham. Il faudrait un chasse-neige rien que pour déblayer la couche qui bloque les portes du garage. Et j'ai entendu à la radio que les routes étaient impraticables en plusieurs endroits. Il n'y a aucune chance de passer.

Elinor s'assit et se versa une tasse de café. Sans qu'elle sût trop pourquoi, ces nouvelles n'étaient pas pour lui déplaire.

— Nous voilà condamnés à nous supporter un jour de plus, dit-elle en souriant. Pas de chance, Miles... Mais, au moins, je pourrai t'aider à déblayer.

Miles la regarda en souriant ironiquement :

— Tu crois vraiment que tu pourrais le faire ?

— Bien sûr ! s'exclama la jeune femme. J'ai vécu ici durant des années. Il ne neige pas souvent, mais quand cela arrive, c'est en abondance ! Je me souviens qu'il y a

44

quelques années, il nous a fallu sortir par le balcon parce que la porte d'entrée était bloquée !

— Oui, ton père m'en a parlé. Mais cela ne sert à rien de déblayer tant qu'il continue à neiger de la sorte.

— Du moins, je ne pense pas que notre cher ami tentera quoi que ce soit par un temps pareil...

Le visage de Miles s'assombrit tout d'un coup et Elinor se mordit la lèvre.

— Ce n'est pas ce que tu penses, n'est-ce pas ? demanda-t-elle d'une voix anxieuse.

— Cela ne servirait à rien de te mentir, Elinor. S'il est bien tel que je me l'imagine, la neige ne l'arrêtera pas, au contraire. Il se pourrait même qu'il en tire avantage.

— Alors qu'allons-nous faire ?

— Rien de plus que ce que nous avons fait jusqu'ici, dit Miles en haussant les épaules. J'ai fait ce que j'ai pu pour protéger la maison, nous avons le téléphone en cas de problème et Sophie est à l'abri... Quant à toi, au moins, je t'ai à l'œil.

Elinor le contempla en silence.

— Tu veux que je refasse du café ? proposa-t-elle enfin.

— Si tu en veux, tu peux en refaire. En fait, tu peux faire ce que tu veux tant que tu ne sors pas de cette maison !

— Par ce temps ? s'étonna-t-elle en souriant. C'est hors de question.

La neige s'arrêta peu avant qu'ils n'aient fini de déjeuner, et Miles alluma la radio pour connaître les prévisions pour les heures suivantes.

— Il est temps que j'aille déblayer l'allée, annonça-t-il lorsque le présentateur eut confirmé une accalmie.

— Donne-moi cinq minutes et je vais t'aider, dit Elinor qui débarrassait la table.

— Je préférerais que tu restes tranquillement à l'intérieur, répondit Miles en enfilant une épaisse parka.

— Et moi, je préférerais venir, déclara la jeune femme en rangeant les assiettes dans le lave-vaisselle. S'il te plaît, Miles, je n'aimerais pas me sentir parfaitement inutile... Et puis, j'ai besoin de faire quelque chose pour m'occuper !

— D'accord, acquiesça-t-il à regret. Prends une parka dans l'armoire. En revanche, je n'ai pas de bottes à ta taille.

— Oh, ce n'est pas grave ! Les miennes feront l'affaire.

— Tu vas les abîmer...

— Je les ferai sécher dès que nous serons rentrés, dit la jeune femme en enfilant une paire de gants. Bon, allons-y, major. Seconde classe Gibson, à vos ordres !

— Je n'ai jamais vu un seconde classe comme toi, fit Miles en souriant.

Elle roula les manches de la parka qui lui arrivait aux genoux et assura sans paraître troublée le moins du monde :

— Peut-être, mais tu en auras rarement vu d'aussi efficace !

Ils s'armèrent de pelles et se dirigèrent vers le garage, enfonçant à chaque pas dans une épaisse couche de poudreuse. Arrivés au but, ils constatèrent qu'une couche de neige de plus d'un mètre de haut bloquait les portes à double battant. Ils se mirent au travail avec acharnement, mais malgré la force de Miles et la détermination d'Elinor, ils ne tardèrent pas à prendre conscience qu'il leur faudrait des heures pour venir à bout de la neige que le vent glacé avait rendu dure comme de la pierre.

— Cela ne sert à rien, reconnut Miles au bout d'un moment. Il faudrait vraiment un chasse-neige. Je vais téléphoner à la ferme pour qu'ils viennent avec leur tracteur...

Ils reprirent le chemin de la maison. Elinor était épui-

46

sée d'avoir creusé et ses bras lui paraissaient lourds comme du plomb. Elle tendit sa pelle à Miles avec soulagement et ôta son encombrante parka, heureuse de retrouver le confort et la chaleur de l'intérieur.

Miles la suivit après s'être débarrassé de ses bottes couvertes d'une épaisse croûte de neige.

— Tu t'es vraiment bien débrouillée, dit-il à la jeune femme. Mais nous n'avons pas d'autre choix que de demander aux Morgan de nous aider. Je vais les appeler tout de suite.

Il décrocha le téléphone de l'entrée et fronça les sourcils.

— Tiens, il n'y a pas de tonalité... Je vais aller essayer celui du salon.

Elinor se dirigea vers la cuisine où Miles ne tarda pas à la rejoindre.

— La ligne est coupée, lui annonça-t-il d'une voix sombre.

— Et l'électricité aussi, ajouta Elinor, se mordillant la lèvre inférieure. Je n'ai pas pu mettre d'eau à chauffer...

Leurs regards se croisèrent. L'inquiétude se lisait dans leurs yeux. Puis Miles se hâta vers le salon. Par la fenêtre, au loin, on voyait la ferme des Morgan mais le ciel commençait déjà à s'assombrir. C'est alors qu'Elinor comprit ce qu'il regardait et ne put réprimer un long frémissement. Toutes les maisons des alentours étaient éclairées. La coupure d'électricité n'était pas une panne...

— J'ai l'impression que notre ami n'a pas attendu pour lancer une nouvelle offensive de sa guerre des nerfs...

— Alors que faisons-nous? demanda la jeune femme, essayant d'arborer un air brave.

— Je vais courir à la ferme pour appeler l'électricien. Il ne viendra sans doute pas ce soir, mais peut-être demain si le temps s'améliore. Et puis je pourrai demander à l'un des fils de Morgan de nous aider à déblayer la neige...

— Bien. Je viens avec toi.

— En temps normal, je n'aurais même pas voulu en entendre parler, mais considérant les circonstances, je préfère encore t'avoir sous les yeux, le plus près de moi possible.

— C'est exactement ce que je pense, approuva la jeune femme en enfilant de nouveau sa parka.

— Nous pourrions en profiter pour demander aux Morgan de t'héberger pour la nuit ou de t'emmener chez Mme Crouch...

— Ce n'est pas la peine... A moins que tu ne veuilles te débarrasser de moi, bien sûr, dit Elinor sans oser le regarder en face.

— Ce n'est pas le problème, fit Miles avec humeur. En fait, je ne te laisserais pas le choix si j'étais sûr que cela éviterait tous les risques.

— Quels risques ?

— Eh bien... Tant que tu es ici, je peux te protéger, mais si tu vas chez Mme Crouch, il est possible que notre ami décide de changer de cible...

— Et de s'en prendre à elle...Alors, il vaut mieux que je reste ici, déclara la jeune femme. Cela ne te pose pas de problème ?

— Nous n'avons guère le choix, répondit-il en souriant avec ironie. Viens ! Tâchons de faire l'aller-retour jusqu'à la ferme avant que la nuit ne tombe.

Ils partirent donc à marche forcée vers la ferme d'où ils appelèrent l'électricien. Morgan promit de venir les aider à déblayer dès le lendemain. Puis ils revinrent au même rythme soutenu jusqu'à Cliff House. Lorsqu'ils atteignirent la maison plongée dans les ténèbres, Elinor était au bord de l'épuisement.

— C'est bien la peine de prendre des cours d'aérobic deux fois par semaine, dit-elle en haletant alors que Miles ouvrait la porte. Moi qui croyais être en pleine forme...

Miles, qui ne semblait absolument pas affecté par la longue marche qu'il venait de lui imposer, la poussa fermement à l'intérieur et referma la porte derrière eux.

— Désolé d'avoir précipité le mouvement, mais je voulais pouvoir installer quelques bougies et mettre la main sur le Camping-gaz avant qu'il ne fasse complètement noir.

Il alla chercher un gros réchaud de l'armée qu'il installa dans la cuisine, puis alluma plusieurs chandelles qu'il disposa dans les pièces du rez-de-chaussée.

— Je vais aller chercher une bonbonne de gaz dans la cabane à outils, dit-il à la jeune femme. Je reviens dans cinq minutes. Si tu pouvais préparer de quoi faire du thé, je meurs d'envie d'en boire une tasse...

Il sortit, refermant la porte à clé derrière lui. Elinor, une torche à la main, alla préparer l'eau pour le thé et attendit son retour pendant ce qui lui parut une éternité.

— Désolé d'avoir été si long, s'excusa-t-il en rentrant. Notre ami a rendu une visite à la cabane à outils.

— Comment le sais-tu ? demanda Elinor, le cœur battant.

— Il avait déplacé un certain nombre de choses, expliqua Miles en allumant le réchaud pour y poser la casserole d'eau. Je pense qu'il l'a fait volontairement pour me montrer que c'est lui qui avait les cartes en main à présent...

— Sinon, il aurait effacé les traces de son passage ?

— Exactement.

— Excuse-moi de poser la question, dit Elinor, mais tu ne crois pas qu'il se soit introduit ici aussi ?

— J'en doute. Jusqu'ici, il n'a rien fait d'illégal. Mais si je le surprenais à entrer ici par effraction, en revanche, je pourrais avertir la police. Et je ne crois pas que ce soit ce qu'il souhaite. Il veut juste nous faire peur, je pense.

— Me prendrais-tu pour une froussarde si je te demandais de faire le tour de la maison au cas où ?

Miles la regarda longuement puis secoua la tête.

— Bien sûr que non, Nell! Viens, prends la lampe torche accrochée au-dessus de la cuisinière et partons en chasse!

Ils firent ainsi le tour des pièces du rez-de-chaussée puis du premier étage, fouillant chaque chambre et chaque salle de bains, regardant dans les placards et sous les lits. Enfin, lorsque Elinor fut assurée que personne ne pouvait avoir trouvé refuge où que ce soit, Miles ouvrit une trappe qui menait au grenier. Il tira une échelle qui permettait d'y accéder.

— Autant jouer le grand jeu, annonça-t-il. Mais cette fois, j'y vais seul.

Elle acquiesça et resta au pied de l'échelle tandis que son compagnon montait. Elle l'entendit marcher au-dessus de sa tête, ouvrir des malles et les refermer avant de réapparaître à sa vue et de se couler au bas de l'échelle avec agilité.

— Tout est en ordre, dit-il en retirant l'échelle et en la plaçant contre le mur. Inutile de lui faciliter les choses s'il décide de s'introduire par le toit!

— C'est bizarre. Lorsque tu parles de lui, j'ai presque l'impression que tu le connais bien..., remarqua Elinor alors qu'ils redescendaient au rez-de-chaussée.

— Oh, mais je le connais! Ou plutôt, je l'ai connu. Sa ténacité montre qu'il agit pour un grief personnel. Je suis certain que nous avons eu affaire ensemble.

— Et que faisons-nous à présent? demanda la jeune femme en préparant le thé.

— Rien, tant que le mauvais temps se maintient. De toutes façons, je ne peux pas dire que je sois trop inquiet mais...

— Mais tu t'en fais pour moi, n'est-ce pas? s'enquit la jeune femme. Je suis vraiment désolée de te rendre les choses difficiles, Miles...

— Oh, mais tu ne rends pas les choses difficiles... En revanche, tu risques de trouver cette petite expérience assez désagréable. D'autant plus que la température ne va pas tarder à baisser rapidement. Je vais allumer un feu dans le salon. Toutes les cheminées sont prêtes et il y a une bonne réserve de bûches dans la salle à manger.

— Je vais me charger de cuisiner quelque chose pour nous remonter le moral, dit Elinor qui ne voulait pas se sentir inutile.

— Très bien, approuva Miles en finissant sa tasse. Tu devrais aussi trouver des piles dans un des tiroirs pour la radio. Je préfère que nous puissions avoir les prévisions météorologiques pour demain.

Il sortit, laissant la jeune femme seule dans la cuisine. Pour rien au monde elle ne l'aurait reconnu devant lui, mais elle se sentit alors horriblement seule et sans défense. De lourds rideaux étaient tendus devant l'une des fenêtres mais celle située au-dessus de l'évier en était dépourvue et la jeune femme se sentait comme un poisson enfermé dans un aquarium, exposé au regard de tous.

Pourtant, lorsqu'elle eut mis la radio, elle se sentit un peu mieux. Le simple fait d'entendre des voix et de la musique lui rendit un sentiment de normalité qui commençait à lui faire cruellement défaut. Elle fouilla dans les placards à la recherche d'une idée de dîner. Mais le fait de n'avoir à sa disposition qu'un réchaud à gaz limitait les possibilités.

— Que penses-tu de saucisses avec des pommes de terre sautées et des haricots à la tomate ? demanda-t-elle à Miles d'une voix ironique lorsqu'il revint après avoir allumé le feu dans le salon.

— Parfait ! s'exclama-t-il avec un sourire en allant se laver les mains. J'ai mangé bien pire dans des circonstances bien plus graves !

— J'imagine !

— J'en doute...

Elinor le regarda pensivement avant de lui demander s'il regrettait l'armée.

— Oui, d'une certaine manière, dit-il après réflexion. C'est comme si j'avais quitté une grande famille... Je me sens parfois très seul. Mais il fallait que je pense à Sophie. Et puis j'ai un projet en tête. En fait, avant que notre ami surgisse, j'étais plutôt satisfait du tour que prenait ma vie et je pensais pouvoir être parfaitement heureux... Mais je n'aurais jamais dû oublier la loi de Murphy : tout ce qui est susceptible d'aller mal, ira mal. Il soupira et poursuivit : le pire, c'est que cette ordure sait qu'il me tient. Par exemple, je ne peux pas sortir et m'occuper du compteur sans m'exposer. Et si je m'expose, c'est toi qui risques d'en souffrir une fois qu'il en aura fini avec moi...

— Une responsabilité dont tu te serais bien passé, je suppose...

— Bizarrement, le plaisir de ta compagnie allège le poids de cette responsabilité...

— Te voilà bien poli soudain.

— Comment dois-je m'y prendre pour te convaincre ? s'exclama-t-il en la prenant par les épaules. Je suis vraiment heureux d'avoir l'occasion de refaire connaissance, mademoiselle Gibson. J'aurais préféré que ce soit dans des circonstances plus agréables mais je ne vais pas me plaindre...

Elle le regarda en souriant avant de s'éloigner de lui pour préparer le dîner.

— Je ferais mieux de m'occuper de la cuisine dès à présent si vous voulez manger tôt, major Carew !

Miles l'aida à peler les pommes de terre puis dénicha une poêle pour faire cuire les saucisses. Pendant qu'ils s'activaient ainsi, la radio leur apprit que la neige était tombée en quantité impressionnante dans tout le pays, bloquant un bon nombre de routes.

— Où crois-tu que notre ami se terre ? demanda Elinor.

— Il pourrait être n'importe où. Je ne l'envie pas

d'être dehors par une nuit comme celle-ci... Encore que, si mon intuition est bonne, il y soit probablement habitué s'il a subi le même entraînement que moi.

— Tu ne crois pas qu'il a pris une chambre dans le coin pour la nuit ?

— Non, dit Miles avec assurance. Il a coupé l'électricité et le téléphone. Cela signifie qu'il veut agir cette nuit.

— Et quelle est la suite de son programme, à ton avis ? demanda la jeune femme, inquiète.

— J'aimerais bien le savoir. Mais comme nous l'ignorons, je propose de passer le reste de la soirée aussi agréablement que possible dans le salon où il fait chaud en priant pour un rapide dégel...

Tout acquise à cette idée, Elinor décida qu'il était temps de se comporter comme une invitée normale, et demanda à Miles des nouvelles d'Harry et de Mark avant de lui poser des questions sur sa fille. Il y répondit avec un plaisir non déguisé et le dîner se passa dans une atmosphère plutôt détendue.

Puis ils s'installèrent dans les confortables fauteuils devant le feu. Miles paraissait parfaitement à l'aise, comme si la pensée qu'un ennemi les guettait à quelques mètres de là ne le préoccupait pas le moins du monde. Elinor sourit et il lui demanda à quoi elle pouvait bien penser.

— Je me disais juste qu'un éventuel observateur ne se douterait jamais de rien à nous voir deviser tranquillement au coin du feu...

— C'est vrai. Mais j'ai bien l'intention d'en finir. Dès demain, je fouillerai le jardin de fond en comble.

— Je pense que tu ferais mieux d'avertir la police.

— Pas encore, Elinor. Je veux l'attraper moi-même et savoir qui il est et ce qu'il me veut. Il se rembrunit soudain et ajouta d'un ton impitoyable : Je ne tolère pas que l'on s'en prenne à ma famille ou à mes amis.

Elinor frémit, constatant soudain combien son apparence affable pouvait cacher de dureté.

53

Il se leva pour remettre du bois dans la cheminée alors que la radio diffusait un prélude de Chopin.

— De toutes façons, ajouta-t-il, lorsqu'il se fut rassis, tant que tu es avec moi, tu ne risques rien.

— J'en suis certaine, approuva Elinor. Mais j'ai toujours du mal à croire que tout ceci est en train de m'arriver. Ma vie est si banale d'habitude...

— C'est vrai que j'ai été tellement englué dans mes propres soucis que je ne t'ai même pas demandé ce que tu faisais dans la vie, dit Miles d'un air soudain très intéressé.

— Je travaille comme conseiller juridique dans une grande entreprise à Cheltenham, soupira la jeune femme.

— Pourquoi ce soupir ? demanda Miles. Tu n'aimes pas ton travail ?

— Si, véritablement. Mes parents souhaitaient que je fasse médecine mais j'ai préféré suivre des études de commerce et j'ai toujours aimé cela...

— Alors où est le problème ?

— Oliver est le directeur du département juridique dans lequel je travaille, soupira-t-elle en regardant le feu d'un air morne.

— Tu allais épouser ton patron ? s'étonna Miles.

— Oui. Et maintenant, je peux dire adieu à mon emploi.

— Pourquoi ? Il ne va tout de même pas te virer parce que tu l'as repoussé ?

— Non, mais c'est moi qui donnerai ma démission dès mon retour à Cheltenham. En fait, cela fait quelque temps que j'y pense. Vois-tu, il y a quelques jours, nous avons été invités à dîner chez un ami, mais au dernier moment, Oliver m'a dit qu'il était convié chez un client influent et qu'il voulait que je vienne avec lui. Je me suis emportée et je l'ai accusé de ne penser qu'à sa carrière. En fait, chaque fois que je voulais voir l'un de mes amis, Oliver se débrouillait pour se trouver une excuse... Il est devenu

54

clair pour moi que vivre avec lui ne m'apporterait pas beaucoup de plaisirs... Je veux bien qu'il soit plus âgé que moi, mais ce n'est pas une raison pour...

— De beaucoup plus âgé ? L'interrompit Miles, curieux.

— Il a quarante et un ans... Quatre ans de plus que toi.

— Un vieillard, en quelque sorte ! plaisanta Miles.

Elinor le regarda longuement. Même allongé sur un canapé, il émanait de Miles une impression de puissance. Il n'avait pas un kilo de trop. Aucun fil blanc ne se mêlait à sa chevelure sombre et les fines ridules qui se dessinaient au coin de ses yeux suggéraient plus les heures passées à fixer l'horizon que les effets de l'âge. Oliver était grand lui aussi, mais ses cheveux étaient déjà gris, et sa silhouette révélait l'amour qu'il portait au vin et à la bonne chère.

— Pas un vieillard. Mais il a tout de même l'air bien plus âgé que toi...

— Je me demande si c'est un compliment, dit Miles en plissant les yeux.

— Oh, oui ! Oliver a l'air d'avoir quarante ans alors qu'on a du mal à imaginer que tu puisses avoir douze ans de plus que moi sauf...

— Sauf ?

— Sauf tout à l'heure. Lorsque tu as parlé de l'intrus, tu m'es apparu comme quelqu'un d'autre, un étranger glacial et menaçant...

— Cela te gêne-t-il ? demanda Miles d'une voix pleine de curiosité.

— Non. J'espère juste que tu ne me regarderas jamais comme cela.

— Je doute fort avoir jamais à me montrer glacial et menaçant à ton égard, Elinor, déclara-t-il avec un chaud sourire.

Elle sentit les battements de son cœur s'accélérer légèrement et se demanda ce qu'il voulait dire par là, mais elle lui rendit son sourire.

— Me voilà rassurée. Mais il y a peu de chances que nous nous revoyions après la fin de cette étrange aventure. Mes parents comptent déménager à Monmouth.

— Même si je t'invite ? J'aimerais bien que tu voies Sophie un de ces jours. Elle aura besoin de quelqu'un à qui parler lorsqu'elle ira à l'école...

— Dans ce cas, je viendrai, assura Elinor, surprise et touchée par sa proposition.

— Bien, dit Miles. Et puis, tu te sentiras chez toi...

— Après avoir survécu à un siège à tes côtés ? acheva Elinor en souriant.

— Ce n'est pas ce que je veux dire... Tu ne sais pas que c'est à moi que ton père a vendu Cliff Cottage ?

— Vraiment ? s'étonna Elinor, stupéfaite. Mais pourquoi veux-tu le cottage alors que tu as déjà cette maison ?

— Pour y vivre avec Sophie. Je pense transformer Cliff House...

— En hôtel ?

— Non. Mais c'est un endroit idéal pour organiser des programmes de formation pour les cadres d'entreprise. Je pense organiser des cours d'entraînement à la survie avec quelques amis qui ont fait l'armée avec moi. Et pendant les vacances scolaires, j'accueillerai des enfants des quartiers défavorisés pour leur faire profiter du bon air de la vallée...

— Au frais des cadres d'entreprise ?

— Oui, plus ou moins. Je vais commencer par restaurer les courts de tennis, puis je ferai installer un bâtiment qui abritera une salle de gym et une piscine. Je viens d'obtenir les permis de construire.

— Mais cela va te coûter une fortune ! s'exclama Elinor, impressionnée par ce projet ambitieux.

— Peu de temps après mon divorce, mon parrain est mort. C'était un entrepreneur habile qui avait plusieurs affaires. Je l'aimais beaucoup et il m'arrivait souvent de dîner avec lui lorsque j'étais en permission. Selina et lui ne se sont jamais bien entendus mais il adorait Sophie et l'emmenait souvent prendre le thé au Ritz. Mon père disait qu'il avait de l'argent, mais je n'avais jamais soupçonné à quel point c'était vrai. Pourtant, il m'offrait de magnifiques cadeaux pour mes anniversaires et m'emmenait toujours dans les meilleurs restaurants. Il prenait son rôle de parrain très à cœur et venait souvent me voir lorsque je jouais au cricket ou pour les cérémonies de fin d'année à Sandhurst. Il a été comme un père pour moi à la mort de papa... Je l'adorais.

— Je suppose que c'était réciproque.

— Oui. Il m'a légué beaucoup d'argent. En fait, il l'a divisé en trois parts. Une pour les organismes de charité, une pour Sophie lorsqu'elle serait majeure et une pour moi, la plus importante. Il n'a mis qu'une condition à ce legs : que je fasse bon usage de cet argent.

— On dirait que c'est ce que tu t'apprêtes à faire. Ton idée est excellente, Miles. C'est toi qui comptes diriger l'établissement ?

— Oui, avec l'aide d'un comptable. Je m'occuperai du travail administratif. Les activités seront animées par d'anciens camarades de mon régiment et par des professeurs à la retraite.

— Tu as l'air d'avoir vraiment étudié la question. Tu n'aurais pas un emploi pour moi, par hasard ? demanda-t-elle sur le ton de la plaisanterie.

— Eh bien, justement, si. J'ai besoin d'une assistante. Je suis déjà débordé avant même d'avoir commencé, dit-il en désignant d'un geste large une table couverte de papiers. En fait, tu me ferais vraiment une énorme faveur en me dépannant, au moins pour quelque temps.

Elinor se sentit rougir.

— Je plaisantais, Miles... Mais si tu penses sérieusement que je peux t'aider, je le ferai avec plaisir. Au moins jusqu'à ce que tu emménages à Cliff Cottage. Parce qu'après, je n'aurai plus d'endroit où habiter dans le coin.

— Nous verrons bien à ce moment-là, enchaîna-t-il gaiement en se dirigeant vers le fauteuil de la jeune femme, la main tendue. Topons là, Elinor! Les premiers mois risquent d'être difficiles parce qu'il y a vraiment beaucoup de choses à régler, mais après, je te revaudrai ça! Je t'offre dix pour cent de plus que ton salaire actuel en gage de bonne foi.

— C'est très généreux de ta part, Miles, dit Elinor en serrant la main qu'il lui tendait. Mais je pense qu'il faudrait d'abord que nous nous fixions une période d'essai pour voir comment nous nous entendons.

— Bonne idée! Tu te rendras peut-être compte à quel point je suis impossible...

— A moins que ce ne soit le contraire...

Miles serra un peu plus fermement la main d'Elinor, les yeux rivés gravement sur ceux de la jeune femme.

— Ça, c'est une chose que j'ai du mal à imaginer, Elinor...

58

4.

Au moment où ils montèrent se coucher. Elinor se sentit curieusement moins à l'aise. De plus elle avait intuitivement conscience qu'il en était de même pour Miles. Elle se hâta de se préparer pour la nuit, sans traîner outre mesure dans la salle de bains, puis après avoir dit bonsoir à son hôte, elle s'enferma dans sa petite chambre.

La veille, elle avait senti que les relations entre Miles et elle devenaient moins distantes, plus amicales. Mais la tension qui avait pesé toute la journée sur leurs esprits commençait à faire sentir ses effets. S'ils devaient travailler ensemble à l'avenir, ce qui la réjouissait vraiment, ils devraient apprendre à se maintenir dans une relation beaucoup plus neutre.

Elle essaya de se décontracter, songeant que ce soir, au moins, il n'y aurait pas de lumières pour la réveiller en pleine nuit quand un blaireau traverserait le jardin.

De fait, ce ne fut pas la lumière mais un cri qui la tira de son sommeil. Elle se redressa, tremblante, alors que le cri se répétait, quelque part dans la nuit. Elle se précipita dans la chambre de Miles qui, à sa grande surprise, paraissait toujours endormi. Elle allait le secouer pour le réveiller lorsqu'une ombre apparut dans l'encadrement de la porte, lui arrachant un hurlement de terreur.

— Elinor ! s'exclama Miles, en se précipitant vers elle. C'est moi !

Il la serra dans ses bras alors qu'elle s'effondrait contre sa poitrine, comme en état de choc, tremblant de la tête aux pieds sous les effets conjugués de la peur et du froid.

— J'ai entendu crier, dit-elle d'une voix rauque en s'accrochant à lui.

— Ce n'était qu'un hibou, la rassura Miles. J'étais sûr qu'une fille de la campagne comme toi le reconnaîtrait...

— J'ai pensé... Je ne sais pas. Je suis désolée, Miles. D'habitude, je ne me comporte pas comme une froussarde.

— Tu es à cran, Nell... Et ce hululement était assez terrifiant, je veux bien l'admettre.

— J'aurais dû le reconnaître... En plus j'ai vraiment cru que tu étais dans ton lit.

— J'ai laissé les couvertures en tas en me levant.

— Mais pourquoi t'es-tu levé à cette heure ? demanda Elinor, soudain soupçonneuse. Tu as entendu quelque chose ?

— J'ai bien peur d'être sujet à quelques exigences naturelles..., dit Miles en étouffant un éclat de rire.

— Oh... Bien sûr..., marmonna-t-elle gênée. Je suis désolée.

Elle retourna se coucher, consciente des efforts que faisait Miles pour retenir un fou rire.

Lorsqu'elle se fut de nouveau allongée sous les couvertures, elle fut incapable de trouver le sommeil. Elle ne cessait de se retourner dans son lit, sursautant à chaque craquement de la vieille maison, qu'elle imaginait être les pas d'un rôdeur prêt à surgir pour les assassiner tous deux dans leurs lits.

Au bout d'une heure d'angoisse, elle se prit à espérer que le temps lui permettrait de retourner à Cheltenham le lendemain, quitte à chasser le petit ami de Linda... Mais cela signifiait qu'elle laisserait Miles seul, et cela, elle ne pouvait s'y résigner. Il avait beau être un ancien soldat, entraîné à faire face à ce genre de situations, il n'en avait pas moins besoin d'un soutien. Et elle refusait de se montrer assez lâche pour le laisser seul face au danger.

Elle jeta un coup d'œil à sa montre et constata qu'il n'était que 3 heures du matin. Des heures la séparaient encore de l'aube... Et elle avait une affreuse envie d'aller aux toilettes. Elle soupira, puis, après avoir enfilé un pull-over par-dessus son pyjama, elle traversa la chambre de Miles sur la pointe des pieds.

— Elinor? fit celui-ci. Quelque chose ne va pas?

— Je dois aller aux toilettes, répondit-elle à mi-voix.

— Prends la lampe au pied de mon lit.

Elle s'exécuta et s'enferma dans la salle de bains. Lorsqu'elle revint dans la chambre, Miles était debout et regardait par la fenêtre.

— Tu vois quelque chose? lui demanda-t-elle nerveusement.

— Non. Juste de la neige et encore de la neige...

— Chris Morgan devrait être là avec le tracteur demain, nous pourrons déblayer..., dit Elinor d'une voix légèrement tremblante.

— Tu as froid, Nell, constata Miles en la prenant dans ses bras pour la réchauffer.

Il n'y avait rien de passionné dans cette étreinte. Elle aurait tout aussi bien pu être sa vieille tante, pensa-t-elle avec une pointe de ressentiment. Presque instinctivement, il resserra ses bras autour d'elle et Elinor sentit les battements de son cœur s'accélérer. Elle eut soudain très peur qu'il ne le remarque lui aussi.

Ils restèrent figés dans cette position pendant un long moment, semblables à la statue de deux amants enlacés. Et, soudain, il baissa la tête vers elle et l'embrassa. Leurs lèvres se rencontrèrent, se séparèrent, se trouvèrent de nouveau et, à aucun moment, Elinor ne chercha à échapper à cette étreinte. Elle sentait monter en elle des ondes de chaleur à mesure que leur baiser se faisait plus intense, plus passionné. Jamais encore, elle n'avait éprouvé pareil

61

plaisir. Son sang battait dans ses veines, contre ses tempes et au creux de son ventre. Chaque audace de Miles enfiévrait davantage son corps jusqu'à ce que le désir qu'il lui fasse l'amour devînt presque intolérable.

Mais il la lâcha soudain et recula, le souffle court.

— Je n'aurais jamais dû faire cela, dit-il enfin après un long silence. Je n'aurais jamais imaginé... Ecoute, Elinor, ne t'inquiète pas. Ce n'est pas la peine d'avoir peur...

— Je n'ai pas peur, protesta-t-elle en faisant un pas vers lui.

— Tu devrais, répliqua-t-il d'une voix dure. Et tu sais parfaitement pourquoi... Retourne te coucher, maintenant, s'il te plaît...

Après avoir passé le reste de la nuit à se débattre au milieu d'émotions contradictoires, Elinor finit par sombrer dans un sommeil agité. Elle s'éveilla une heure plus tard, encore plus épuisée, mais incapable de se rendormir. Le jour s'était levé et elle quitta son lit, morose. Après ce qui s'était passé avec Miles, la dernière chose dont elle avait envie était de se retrouver face à lui, dans la lumière blafarde du petit matin.

Finalement, elle s'habilla et alla regarder par la fenêtre. La couche de neige était toujours aussi épaisse. Enfin, elle trouva le courage d'aller ouvrir la porte qui la séparait de la chambre de Miles.

Celle-ci était vide. Le lit était fait et les affaires de Miles rangées sur la chaise. Elle poussa un soupir de soulagement et s'enferma dans la salle de bains, réfléchissant à la meilleure manière de se comporter pour lui faire comprendre qu'elle n'attachait pas d'importance particulière à la situation.

Mais elle ne pouvait s'empêcher de repenser à la façon dont il l'avait embrassée. Jamais encore un baiser ne l'avait à ce point troublée, comme s'il avait réussi à allumer en elle un brasier qu'elle avait mis des heures à éteindre. Oliver avait été un amant expérimenté mais elle n'avait jamais ressenti quoi que ce soit de semblable avec lui. En fait, elle n'avait jamais compris ce que les femmes pouvaient trouver de si extraordinaire dans le fait de faire l'amour...

Miles avait éveillé en elle des sensations qu'elle s'était cru interdites. Elle avait découvert ce que pouvait être le désir. Pourtant, songea-t-elle avec un certain cynisme, ce n'étaient que quelques baisers, le résultat du danger et de l'intimité forcée, pas d'une réelle attirance. Il valait mieux qu'elle fasse comme si rien de tout cela n'était arrivé.

Elle se rendit donc dans la cuisine, le cœur plus léger. Mais il n'y avait personne. Elle trouva juste un mot à son intention :

« Je suis parti faire une battue. Ne t'en fais pas, je risque d'en avoir pour un moment. J'ai préparé le feu dans la cheminée du salon, tu n'as plus qu'à l'allumer. J'ai fermé derrière moi en partant. N'ouvre à personne jusqu'à ce que je sois de retour. »

La lettre était signée d'un simple M majuscule, efficace et sans fioritures, à l'image de Miles. Elinor ne put s'empêcher de se sentir abandonnée et alluma la radio avant de se préparer une tasse de thé. Elle avait bu une théière entière et lu le journal vieux de trois jours de la première à la dernière page lorsqu'elle vit enfin Miles par la fenêtre. Il frappa à la porte selon le code qu'ils avaient mis au point puis entra.

— Bonjour ! dit-il gaiement, en ôtant ses bottes et sa parka. Tu as allumé du feu ?

— Salut, répondit Elinor d'une voix aussi légère que possible. J'ai pensé qu'il valait mieux économiser le bois dont nous disposions au cas où cette situation s'éterniserait... J'ai juste mis un pull-over de plus. Tu veux du café ?

— Volontiers, dit-il en retirant ses rangers. J'ai fouillé

chaque pouce du parc sans trouver trace de notre ami. Ce qui ne m'étonne pas.

— Pourquoi ?

— Parce que je pense qu'il doit éviter de se trouver sur la propriété autant qu'il le peut. Peut-être même a-t-il passé la nuit à l'hôtel comme tu le suggérais.

— Et toujours aucun signe de dégel ?

— La météo prévoit un léger réchauffement de la température dans la journée, dit Miles en prenant sa tasse de café à deux mains pour se réchauffer. Cela veut dire que nous aurons peut-être de l'électricité d'ici à ce soir. J'ai croisé Denzil Morgan. Il m'a dit qu'il passerait en milieu de matinée avec Chris pour déblayer la neige. La circulation ferroviaire est toujours interrompue et il est déconseillé de prendre la route. J'ai bien peur que tu ne sois coincée ici pour une journée de plus, Elinor.

La jeune femme rassembla son courage et regarda Miles dans les yeux.

— Est-ce que cela t'ennuie, Miles, après ce qui s'est passé cette nuit ?

Miles eut un sourire approbateur.

— Bravo Elinor, la question est directe. Et puisque tu la poses, je t'avouerai franchement que la façon dont les choses ont tourné m'a quelque peu échappé hier soir. Mais je te donne ma parole...

— Parole d'officier et de gentleman ?

— C'est une expression qui date un peu peut-être, répondit-il en riant, mais elle en vaut bien une autre... Enfin, ce que je voulais dire, c'est que je ne me suis jamais laissé gouverner par mes instincts primaires. Et je te promets que je ne chercherai pas à abuser de la situation... ou de toi.

— Miles ! s'exclama la jeune femme d'un ton de reproche. Je n'ai jamais pensé une telle chose de toi ! Je craignais juste qu'après cet épisode, tu ne te sentes embarrassé et que tu veuilles que je parte au plus vite...

64

— Oh, certainement pas ! protesta Miles. Tu n'as pas à t'en faire pour cela. En fait, notre seul souci doit être de savoir quel vilain tour compte nous jouer notre mystérieux ami.

— Il a peut-être laissé tomber...

— J'aimerais pouvoir le croire, mais c'est très improbable. Au fait, j'ai fait un tour du côté de Cliff Cottage au passage. Apparemment, tout va bien de ce côté-là. Je ne suis pas entré, mais nous pourrions y aller plus tard dans la journée. En tout cas, il n'y a pas trace d'effraction. En revanche, les câbles d'électricité et de téléphone sont sectionnés comme ici. Ils sont beaucoup trop facilement accessibles et notre ami n'a pas eu grand effort à faire pour les cisailler et nous couper du monde...

Quelques coups furent frappés à la porte et Elinor sursauta.

— Ne t'en fais pas, la rassura Miles. Ce doit être Morgan et ses fils qui viennent à la rescousse...

Se sentant un peu ridicule, Elinor proposa de préparer le déjeuner pendant qu'ils déblaieraient l'allée.

— Tu es certaine que cela ira ? demanda Miles en enfilant sa parka. Je n'aime pas trop l'idée de te laisser seule...

— Ne t'inquiète pas ! Je m'enfermerai à clé... Et puis, de toutes façons, il fait jour et vous ne serez pas loin en cas de problème. Je préfère me rendre utile que de vous regarder déblayer.

Miles finit par sortir à contrecœur, sa pelle à la main, et Elinor verrouilla la porte derrière lui. Pour se rassurer, elle fit le tour de la maison, tout en sachant qu'elle ne pourrait pas faire grand-chose si elle se trouvait nez à nez avec le mystérieux intrus.

Elle revint ensuite dans la cuisine et alluma la radio. Elle dénicha des côtes d'agneau au congélateur et prépara une ratatouille aux herbes de Provence. Une odeur délicieuse ne tarda pas à envahir la cuisine et Elinor s'assit tranquillement, une tasse de café à la main, en surveillant la cuisson du repas.

Elle sourit, songeant à l'étrangeté de la situation. Comment aurait-elle pu deviner quelques jours auparavant qu'elle se retrouverait ainsi à Cliff House à faire la cuisine pour Miles Carew, le héros intouchable de son enfance ? La vie était décidément pleine de surprises, se dit-elle en repensant à la scène de la nuit.

Quelques minutes plus tard, alors qu'elle cherchait un livre dans la bibliothèque de Miles, quelqu'un frappa à la porte de derrière. Elle gagna la cuisine pour aller répondre.

— Qui est-ce ?

— C'est l'électricien, M'dame, répondit une voix joviale. M. Carew m'a dit que je devais jeter un coup d'œil aux boîtes de dérivation qui sont dans le hall...

Elinor ouvrit la porte pour se trouver face à un homme souriant vêtu d'une épaisse parka. Elle le fit entrer et le précéda dans le hall.

— C'est par ici... Vous pensez que nous aurons bientôt de nouveau du courant ?

— Non, pas vraiment, dit l'étranger d'une voix dure.

Avant qu'Elinor ait pu se retourner, il lui saisit les bras et les tordit derrière son dos, plaçant une main sur la bouche de la jeune femme pour étouffer son cri.

— Tiens-toi tranquille et je ne te ferai pas de mal, lui chuchota-t-il à l'oreille. Et cela ne sert à rien de crier : le major est du côté du garage en train de superviser le déblaiement de l'allée. Il ne t'entendra pas.

Elinor cessa de résister, pétrifiée de frayeur et consciente de son impuissance face à la poigne d'acier qui la maintenait. L'inconnu ôta la main de sa bouche et la saisit par les cheveux, lui tirant violemment la tête en arrière.

— Ecoute ! Tu vas me suivre bien gentiment hors de la maison et jusqu'à la falaise.

— Je vous préviens, il vous tuera pour cela! s'exclama Elinor en essayant de se retourner pour faire face à son agresseur.

— Tiens-toi tranquille, répéta ce dernier. Evidemment qu'il viendra! C'est tout l'intérêt de la manœuvre...

— J'ai froid, il me faut un manteau.

— Nous n'avons pas le temps. Et je te préviens! Tu n'auras la vie sauve que si tu te montres coopérative.

Il lâcha ses cheveux et la fit pivoter sur elle-même sans libérer ses poignets. Lorsqu'ils furent face à face, elle frissonna d'horreur à la vue du long couteau qu'il tenait à la main. Elle le regarda, fascinée. Ce n'était pas du tout le genre de monstre auquel elle s'était attendue. En fait, il ressemblait un peu à Miles: grand, mince et solidement bâti. Ses yeux étaient bleus, très clairs, presque décolorés. Ses lèvres minces esquissèrent un sourire glacial alors qu'il lui plaçait le couteau sous la gorge.

— Est-ce que ceci te paraît suffisamment persuasif? demanda-t-il d'une voix rauque.

Elinor hocha la tête, rendue muette par la peur qui l'étreignait.

— Voilà qui est bien! Vous faites un otage parfait, ma chère! Dès que le major vous saura en danger, il accourra à la rescousse. Et alors, nous verrons bien qui a le pouvoir.

L'homme la poussa jusqu'à la porte d'entrée, la tenant toujours par les poignets. Il la fit sortir et referma la porte derrière eux.

— Bien, dit-il alors. Il y a un sentier qui longe la falaise. N'essaie pas de t'échapper ou tu risques fort de faire une chute de trois cents mètres dans la rivière Wye.

Elinor sentit l'espoir revenir. Son agresseur ignorait probablement qu'elle avait passé toute son enfance ici et qu'elle connaissait parfaitement la falaise. Et il y avait plusieurs endroits où des arbres et des excroissances rocheuses empêchaient toute chute dans la rivière. C'était peut-être la chance qu'elle devrait saisir.

Il la fit avancer à vive allure le long de la falaise. Elinor trébuchait dans la neige mais il la poussait sans cesse en avant et la jeune femme ne tarda pas à être épuisée par cette marche forcée.

— Pas si vite ! s'exclama-t-elle, suppliante. J'ai le vertige...

— Comme c'est dommage, ricana l'homme sans ralentir sa marche.

— Je ne vous serai d'aucune utilité comme otage si je suis morte ! plaida la jeune femme, cherchant désespérément à gagner du temps. J'ai terriblement peur de tomber...

Elle jeta un regard effrayé à la falaise et ferma les yeux comme si elle redoutait le vide qui s'ouvrait sous leurs pieds. L'homme lui tordit les poignets et la poussa en avant, sans se soucier de ses angoisses feintes.

Soudain, l'inconnu trébucha sur un rocher caché par la neige et desserra son étreinte l'espace d'un instant. Sans se donner une seconde de réflexion, Elinor s'arracha à son agresseur et se précipita délibérément dans le vide. Elle roula sur elle-même pendant ce qui lui parut une éternité, haletante et sanglotante, puis, comme elle l'avait prévu, elle parvint à se retenir à un buisson qui poussait en contrebas et à se hisser sur un petit promontoire rocheux. Son cœur battait la chamade et elle se serra contre la paroi, espérant que son agresseur ne la verrait pas. Elle reprit son souffle peu à peu, et parvint à calmer le rythme effréné de sa respiration.

Son esprit fonctionnait à une allure folle. Si ses calculs étaient justes, il y avait à quelques mètres à sa droite une sorte de petite grotte, une crevasse masquée par quelques arbres, qui la protégerait du vent glacial qui sifflait autour d'elle. Elle y avait passé des heures en compagnie d'Harry et de Mark, lorsque, plus jeunes, ils jouaient à être les seuls rescapés de quelque catastrophe tragique.

Elle prêta l'oreille mais n'entendit aucun bruit laissant

supposer que son agresseur était à sa recherche. Il devait être persuadé qu'elle s'était écrasée sur les rochers en contrebas, ruinant ainsi son plan... Pourtant, lorsque Miles ne la trouverait pas dans la maison, il suivrait tout de même ses traces. Serrant les dents, elle espéra qu'il s'armerait pour faire face à son mystérieux ennemi...

Mais par le ciel, qui pouvait bien être cet homme ! Certainement pas un criminel *ordinaire*. La façon dont il s'exprimait dénotait l'éducation certaine dont il avait bénéficié. Et il paraissait étrangement résistant à la fatigue, comme Miles. Elle prit une longue inspiration : quel qu'il soit, elle ne le laisserait pas la capturer de nouveau.

Elle commença à se déplacer le long de la falaise, marchant précautionneusement pour éviter de glisser sur la neige gelée. Maintenant que la décharge d'adrénaline qui l'avait poussée à agir s'était résorbée, elle sentait la peur revenir. Et elle avait affreusement froid. Elle progressa lentement, se tenant aux buissons pour ne pas tomber. Elle dut s'arrêter à plusieurs reprises pour réchauffer ses doigts que le froid mordant rendait gourds.

Enfin, elle parvint aux arbres qui masquaient la petite grotte que Mark et Harry avaient surnommée la Cache. Elle s'y glissa, serrant ses genoux contre son corps pour se protéger du vent glacial, luttant de toute la force de sa volonté pour conserver son calme.

Elle avait réussi à échapper à son assaillant, mais ce n'est qu'à cet instant qu'elle comprit à quel point il l'avait terrifiée. Elle lui avait obéi sans chercher à lui résister et elle s'en voulait affreusement. Elle essaya de penser à autre chose, de se concentrer sur ce qu'elle devait faire.

Pour le moment, le mieux était de ne pas bouger, en espérant toutefois que cette attente ne se prolonge pas trop longtemps si elle ne voulait pas souffrir d'hypothermie. La grotte lui fit subitement penser à un grand congélateur...

Soudain, Elinor se raidit alors que des bruits lui parvenaient, provenant du haut de la falaise. Elle entendait plusieurs voix. L'une d'elles était celle de Miles, tranchante, chargée d'une rage froide qu'elle pouvait aisément percevoir, même à cette distance. Il se trouvait enfin, manifestement, face à son ennemi. Elle pressa désespérément les mains sur sa bouche, essayant de deviner quel drame se jouait à quelques mètres au-dessus d'elle. Soudain, elle entendit le claquement sec d'un coup de feu. Etouffant un cri d'effroi, elle se releva, tremblante, alors qu'elle percevait le bruit de pas qui se dirigeaient vers elle, sur l'excroissance rocheuse. L'homme avait abattu Miles et venait à présent la tuer pour éliminer le témoin de son crime !

Regardant farouchement autour d'elle, elle aperçut une pierre qu'elle ramassa, prête à la lancer sur son agresseur dès qu'il entrerait. Des mains écartèrent le rideau d'arbres qui masquait l'entrée, et le visage hagard, angoissé, de Miles s'encadra dans l'ouverture. Elle lâcha son arme improvisée et se jeta dans ses bras.

— Oh, mon Dieu ! Tu es saine et sauve ! s'exclama-t-il en riant de soulagement. J'ai tant prié pour te trouver là ! J'espère que cette ordure ne t'a pas fait de mal...

Elle secoua la tête et se blottit contre lui.

— Il est mort ? demanda-t-elle d'une voix tremblante. C'est toi qui as tiré ?

— Non. C'est Denzil Morgan qui a tiré en l'air...

— Pour lui faire peur ?

— Non. Pour me ramener à la raison et m'empêcher de le tuer.

— Et qu'avez-vous fait de lui ?

— Il est dans la cuisine sous la garde de Chris Morgan et de son père.

— Quelle imbécile j'ai été ! Il m'a dit qu'il venait réparer le système électrique... Il m'a même montré une carte d'identification. Il a dit que tu lui avais demandé de jeter un coup d'œil aux boîtes de dérivation du hall.

— Quelle ordure ! Quand je pense que je croyais qu'il était mon ami !

— Tu le connais ?

— Oui, il s'appelle Alexander Reid. Nous étions dans le même régiment... Mais les explications peuvent attendre. Il vaut mieux que nous nous dépêchions d'aller te mettre au chaud et au sec... Tu claques des dents ! Tu crois que tu pourras rentrer ?

— Bien sûr ! affirma-t-elle, remplie d'un courage nouveau à l'idée que leur fantomatique ennemi était à présent sous bonne garde. J'ai fait le trajet des centaines de fois lorsque j'étais enfant !

— C'est ce que j'espérais... Mais lorsque Reid m'a dit que tu avais basculé par-dessus la falaise, j'ai cru devenir fou ! Heureusement que les Morgan étaient là pour me retenir...

— Tu ne l'aurais quand même pas tué, Miles ? demanda Elinor d'une voix angoissée.

— Non. Il n'en vaut pas la peine. Mais je l'aurais salement amoché s'il t'avait fait du mal !

5.

Lorsqu'ils pénétrèrent dans la cuisine, Elinor eut l'impression de vivre une scène de film de série B. A un tout autre moment, elle aurait éclaté de rire. Alexander Reid était assis sur une chaise, les mains attachées derrière le dos, un œil au beurre noir et la lèvre ouverte. Chris Morgan, qui était le pilier de l'équipe locale de rugby se dressait au-dessus de lui, menaçant, espérant sans doute qu'il ferait montre de quelque velléité de fuite.

Denzil, son père, était accoudé contre le bar de la cuisine, le fusil à la main, semblant indiquer par sa tranquille assurance qu'Alexander Reid ne pouvait rien tenter sans prendre d'énormes risques. Et Elinor devinait que ce n'était aucunement dans ses intentions. Elle le connaissait peu mais suffisamment toutefois pour savoir qu'il n'était pas assez fou pour cela.

Miles ne lui laissa pas l'occasion de s'attarder. Après l'avoir autorisée à remercier rapidement les Morgan, il la conduisit en haut de l'escalier et lui enjoignit de prendre un bain chaud et de se glisser dans des vêtements secs.

— Qu'allez-vous faire de lui? demanda la jeune femme avant d'entrer dans la salle de bains.

— Lui poser quelques questions. Et quand tu redescendras, je t'aurai préparé un bon grog.

— Bon sang! s'exclama Elinor. Ma ratatouille a dû brûler!

72

— Je ne pense pas... Il n'y avait pas d'odeur de brûlé dans la maison. Je suis certain que Denzil s'en est occupé. Au lieu de penser à ta précieuse cuisine, tu ferais mieux de t'occuper de toi. Dépêche-toi de te réchauffer !

Quand il l'eut laissée seule, la jeune femme ne tarda pas à s'apercevoir qu'il avait négligé un détail : après deux jours sans électricité, il ne restait plus une goutte d'eau chaude et elle dut se laver à l'eau froide, ce qui ne fit rien pour calmer les tremblements dont elle était parcourue. Elle se frictionna ensuite énergiquement pour essayer de se réchauffer.

Au moment de s'habiller, elle se rendit compte avec désespoir qu'il ne lui restait plus un seul pull-over sec. Elle décida d'emprunter l'un de ceux de Miles, se résignant à avoir l'air parfaitement ridicule dans un chandail bien trop grand pour elle.

Elle enfila deux paires de chaussettes et ses bottes fourrées, et tenta de se recoiffer. Puis elle appliqua un soupçon de rose sur ses pommettes et ses lèvres. Il était hors de question que le capitaine Reid pût supposer qu'il l'avait à demi fait mourir de peur... même si c'était vrai. En redescendant, elle entendit un bourdonnement, signe que le courant était rétabli. Le vrai électricien avait dû arriver pendant qu'elle se lavait.

Elle se dirigea directement vers la cuisine et s'arrêta net. Alexander Reid était toujours assis sur sa chaise mais il n'était plus attaché, et il n'y avait pas trace des Morgan. Reid se leva et s'approcha d'elle. Elinor jeta un regard horrifié à Miles.

— Ne t'en fais pas, Nell ! Reid ne te fera aucun mal, je te le promets.

— Mademoiselle Gibson, je vous jure que je n'ai jamais eu l'intention de vous faire du mal ! déclara ce dernier.

— Alors pourquoi m'avez-vous menacée avec un couteau ? demanda la jeune femme, furieuse soudain de voir que Miles paraissait avoir pactisé avec son agresseur. Après ce que vous avez fait ces derniers jours, j'espère que l'on vous mettra en prison ! Empoisonner un chien, terroriser une petite fille ! Et... et... Mais quel genre d'homme êtes-vous donc ?

— Elinor, dit Miles d'un ton apaisant. Calme-toi !

— Me calmer ? s'exclama-t-elle. Ce maniaque nous menace et me kidnappe et tu voudrais que je me calme ? Je pensais que tu avais failli le tuer.

— C'est vrai, dit-il en la forçant à prendre place sur l'un des tabourets de la cuisine et en lui tendant un verre de grog fumant.

— J'attends tes explications. Pourquoi ne veux-tu plus l'abattre, alors ? demanda-t-elle à Miles avec un regard chargé de reproches.

— Il en aurait le droit, dit Reid, l'air misérable. Je suis terriblement désolé, mademoiselle Gibson, je n'aurais jamais dû vous mêler à tout cela. Quand j'ai vu que vous aviez basculé dans le vide, j'ai voulu me tuer !

— Qu'est-ce qui vous a arrêté ? demanda-t-elle d'une voix mauvaise.

— Le géant blond qui m'a sauté dessus par surprise, puis Miles qui a commencé à me bourrer de coups... J'étais sûr à ce moment-là que ma fin était arrivée.

— C'est bien ce qui se serait passé si Denzil n'avait pas tiré en l'air, admit Miles.

— Et pendant que vous vous battiez, personne ne songeait à venir voir si j'étais morte ou vive !

— Ce n'est pas vrai, Elinor, protesta Miles. Je savais que tu connaissais parfaitement cette falaise.

— J'aurais tout de même pu rater mon coup et y laisser ma peau ! C'est même un miracle que je ne me sois rien cassé ! Quant à vous, ajouta-t-elle en se tournant vers Reid, vous m'avez terrorisée au téléphone, vous avez coupé l'électricité chez moi et vous m'avez kidnappée ! Alors, au risque de vous sembler désagréable, je pense que je mérite une explication !

— Les Espagnols disent que la vengeance est un plat qui se mange froid. Alex vient d'apprendre qu'il était parfois préférable de ne pas manger du tout..., dit Miles.

— Très imagé ! Mais quelqu'un pourrait-il être plus explicite !

L'air extraordinairement épuisé, Alexander Reid s'appuya d'une main tremblante sur le dossier d'une chaise.

— Mademoiselle Gibson, vous avez ma parole que je ne voulais pas vous nuire. Je voulais simplement...

— ... m'utiliser comme otage !

— Oui, mais tout a mal tourné... En fait, commença-t-il en baissant les yeux, j'ai quitté l'armée en même temps que Miles. Mais contrairement à Miles, c'est le militaire que ma femme aimait chez moi, et lorsque j'ai démissionné, elle est partie...

— Apparemment, les militaires ont beaucoup de mal à garder leurs épouses, dit Elinor, odieuse à dessein, voyant que Miles ne semblait toujours pas décidé à prévenir la police. Mais je ne vois pas en quoi cela vous poussait à vous attaquer à nous, capitaine Reid...

— Alex...

— Je doute fort que nous devenions jamais assez proches pour que je vous appelle par votre prénom !

— Elinor ! s'exclama Miles. Tu as demandé des explications, alors attends au moins qu'Alex te les ait données !

Elinor serra les dents. Une partie d'elle avait envie de prendre ses affaires et de quitter Cliff House sur-le-champ, mais la curiosité la retint. Après tout, songea-t-elle amèrement, il fallait savoir se montrer charitable, même envers ses ennemis.

— Vous connaissez Miles depuis longtemps, je crois, reprit Reid. Cela vous aidera à mieux comprendre...

— J'en doute. J'accepte mal qu'on mette la vie d'un chien en danger et qu'on menace des enfants !

— La viande n'aurait pas tué le chien, elle l'aurait

juste rendu malade. Et je n'aurais jamais fait de mal à Sophie ! En fait, je ne savais même pas qu'elle était là au départ... Je n'en voulais qu'à Miles.

— Et pourquoi lui en vouliez-vous ? demanda Elinor.

— Lorsque ma femme m'a quitté, j'ai fait une dépression nerveuse. Alors je suis allé me reposer à Tintern où nous allions en vacances avec mes parents. Je voulais me promener, aller pêcher et retrouver les endroits que j'avais fréquentés dans ma jeunesse... Ma sœur devait venir me rejoindre d'Ecosse mais elle a été retenue par la neige... Alors pour passer le temps, je suis allé aux courses à Chepstow. Et c'est là que j'ai vu Miles... Et qu'une espèce d'autre moi-même s'est infiltré dans mon esprit. Je ne me reconnaissais plus. J'ai commencé à penser que je lui devais tous mes problèmes. Je sais que ça paraît idiot mais je ne pouvais m'empêcher de le croire. Nous étions entrés en même temps à Sandhurst mais il avait déjà un diplôme d'Oxford. Puis il a gagné l'épée d'honneur de Sandhurst. Et il est sorti avec la plus belle fille que nous connaissions... Puis il a gagné plus vite du galon et a été décoré pendant la guerre du Golfe, pas moi... En fait, tout ce que nous faisions au même moment lui réussissait mieux qu'à moi. Alors j'ai perdu les pédales... Et je l'ai tenu pour responsable de tous mes échecs.

— C'est tout ? s'exclama Elinor, sidérée.

— Non..., avoua Reid, penaud. Mon plus grand grief remonte à quelques années. Nous avions tous deux été recommandés pour entrer dans les forces spéciales et soumis au test de survie du SAS. Nous avons tous deux réussi. Mais il y avait une autre épreuve. Nous devions convaincre les soldats du régiment des forces spéciales que nous serions des officiers capables de commander. Ensuite, ils votaient pour savoir s'ils nous trouvaient dignes du poste que nous briguions. Miles a réussi, et j'ai échoué.

— Ce n'est pas si grave, protesta Miles. Parmi les cent

soixante candidats, seuls cinq ont été retenus en fin de compte.

— Mais tu étais l'un de ceux-là... Et je venais de passer cinq semaines à crapahuter à travers les montagnes avec un sac à dos plus lourd que moi, en ne mangeant presque rien, en mourant de froid... J'avais donné le meilleur de moi-même, tout ça pour me faire jeter comme un incapable !

— C'était il y a des années, Alex ! s'écria Miles. Pourquoi avoir attendu si longtemps pour t'en prendre à moi ?

— Je ne me suis jamais rendu compte que je voulais m'en prendre à toi. Je ne t'en voulais pas, je t'ai toujours trop admiré pour cela ! C'était un coup de folie... Je croyais être sorti de ma dépression, avoir reconstruit ma vie, être guéri. Puis je t'ai aperçu et quelque chose a cédé en moi. J'ai eu l'impression que tu symbolisais tous mes échecs passés... Une sorte de démon s'est emparé de moi et m'a poussé à vouloir te montrer que je pouvais être le plus fort. Mais je ne te voulais pas de mal, je voulais juste me prouver quelque chose, je pense.

— Eh bien ! Si c'est votre façon de ne pas vouloir de mal aux gens, je n'aimerais pas être là lorsque vous leur en voudrez vraiment ! intervint Elinor, éberluée. Bon, je vais vous laisser discuter entre vieux amis, puisque c'est ce dont il s'agit, et je vais rentrer à la maison...

— Elinor ! Attends ! s'exclama Miles en lui emboîtant le pas.

— Non ! répliqua-t-elle avec humeur en se tournant vers lui. Je n'attendrai rien ! Alexander Reid est un ami et un camarade de combat, et tu n'as pas envers lui les mêmes griefs que moi. J'ai été terrifiée pendant deux jours entiers, et j'ai failli tomber du haut d'une falaise. Alors la dernière chose que je souhaite, c'est de rester en compagnie de ton ami le psychotique ! J'aspire à un peu de calme et de repos, aussi bizarre que cela paraisse, et j'aimerais ne plus avoir peur lorsque le téléphone sonnera !

— Je suis désolé, mademoiselle Gibson, s'excusa de nouveau Reid en venant vers elle. Je ne voulais qu'atteindre Miles à travers vous...

— Pourtant, notre seul lien est que nous sommes voisins...

— Nell ! Je sais que tu as eu affreusement peur mais..., commença Miles d'une voix chargée de reproche.

— Affreusement peur ? Non, pas du tout ! J'ai seulement failli être tuée !

— Alex ne t'a pas jetée du haut de la falaise, c'est toi qui as sauté ! souligna Miles.

Elinor le regarda, incrédule. Comment pouvait-il prendre le parti de Reid ?

— Il se trouve, déclara-t-elle d'une voix glaciale, que j'ai eu le malheur de croire, Dieu sait pour quelle absurde raison, que ma vie était en danger ! Alors si vous voulez bien m'excuser, je vais aller chercher mes affaires et rentrer chez moi.

Dix minutes plus tard, elle quittait Cliff House, refusant l'offre de Miles de l'accompagner, et regagna la maison de ses parents où elle s'enferma, toujours furieuse de la tournure qu'avaient prise les événements. Elle se fit chauffer du café puis s'assit sur le canapé avec sa tasse et, sans trop savoir pourquoi, elle éclata en sanglots.

Lorsqu'elle eut donné libre cours à ses larmes, elle se sentit un peu mieux et l'amertume qu'elle ressentait à l'égard de Miles diminua un peu. Mais elle ne lui pardonnerait pas d'avoir pris le parti de Reid. Elle voua aux gémonies tous les hommes qu'elle connaissait et réalisa qu'elle avait horriblement faim.

Elle repensa à la ratatouille qu'elle avait laissée chez Miles et cette idée lui mit l'eau à la bouche. Mais elle dut se contenter de tartines de confiture avant d'aller se coucher après avoir décroché le téléphone pour être sûre qu'on ne la réveillerait pas.

78

A peine eut-elle posé la tête sur l'oreiller, qu'elle sombra dans un sommeil sans rêves dont elle fut soudain tirée par des coups violents frappés à sa porte. Elle se leva, et gémit en sentant les courbatures causées par sa chute. Elle jeta un coup d'œil à sa montre et constata qu'il était 7 heures du soir. Elle enfila une robe de chambre et descendit.

— Elinor ! entendit-elle Miles appeler. Tu es là ?

— Bien sûr que je suis là, dit-elle avec irritation, en entrouvrant la porte sans ôter la chaîne de sécurité. Je dormais.

— Ton téléphone ne marche plus...

— Normal, je l'ai débranché.

— Quoi ? Il ne t'est même pas venu à l'esprit que je pourrais m'inquiéter en n'ayant pas de réponse ?

— Non, répondit-elle en bâillant. J'ai pensé que tu serais trop occupé avec ton vieux compagnon d'armes pour appeler...

— Ne fais pas l'enfant ! Laisse-moi entrer !

— Non.

— Tu en veux toujours à Alex ? demanda Miles d'un ton de reproche.

Cette simple phrase mit Elinor hors d'elle. Elle claqua violemment la porte au nez de Miles et la verrouilla. Puis elle remonta dans sa chambre après avoir raccroché le téléphone et se fit couler un bain. L'eau chaude et le roman policier qu'elle avait commencé l'aidèrent à retrouver son calme et à oublier Miles et Reid.

Lorsque le téléphone sonna, elle l'ignora. Elle était bien décidée à attendre que l'eau apaise complètement la douleur qui habitait son corps moulu et les restes de sa mauvaise humeur.

Elle finit par sortir de la salle de bains et enfila un pyjama appartenant à son père. Elle entassa dans la machine à laver tous ses vêtements éprouvés par les événements de ces derniers jours puis mit au four une tourte au poulet que sa mère avait préparée et laissée au congélateur.

Le téléphone sonna alors de nouveau et elle hésita avant de se décider à aller décrocher.

— C'est bon, Miles..., commença-t-elle. D'accord, je suis désolée...

— Qui donc est ce Miles ? s'enquit une voix furieuse à l'autre bout du fil.

Elinor se mordit la lèvre.

— Oliver ? Comment as-tu su que j'étais là ?

— Ce n'était pas difficile de deviner que tu rentrerais chez tes parents, même si Linda a catégoriquement refusé de me dire où tu étais passée.

— Pourquoi m'appelles-tu ? demanda Elinor froidement.

— Tu ne croyais tout de même pas que j'allais laisser les choses telles qu'elles sont !

— Pourquoi pas ? Je t'ai dit tout ce que j'avais à te dire l'autre soir...

— Eh bien, moi, non ! Serait-ce indiscret de te demander où tu étais passée ces deux derniers jours ? J'ai essayé en vain de te joindre mais tu n'étais jamais là.

— Le téléphone était en panne. C'est toi qui as essayé de m'appeler un peu plus tôt dans la soirée ?

— Non. Je reviens juste du bureau. Je travaille encore, contrairement à d'autres !

— Justement. Je voulais t'annoncer que je démissionne.

— Pas question ! Je n'accepterai ni ta démission, ni le congé que tu m'as signifié l'autre soir ! Dès que les routes seront dégagées, je viendrai te chercher à Stavely et nous oublierons cet épisode insensé.

— C'est hors de question, dit-elle avant de raccrocher.

Elle retourna s'occuper de sa tourte mais le téléphone sonna de nouveau. Elle alla décrocher agressivement :

— Ecoute, Oliver !

80

— C'est Miles à l'appareil... Quelque chose ne va pas, Nell ?

Elinor ne put s'empêcher de trouver la voix de Miles éminemment séduisante après avoir entendu celle d'Oliver. Mais il était hors de question de le lui laisser deviner.

— Rien auquel je ne puisse faire face...

— Oh, je n'en doute pas ! Je pense que tu aurais été parfaite dans mon régiment pendant la guerre du Golfe.

— A ce propos, ton ami Alex est toujours avec toi ? demanda-t-elle sèchement.

— Non, c'est ce que je voulais te dire avant de prendre ta porte dans la figure...

— C'était puéril de ma part, admit Elinor. Je te demande de m'excuser.

— Mais tu m'en veux toujours de ne pas avoir livré Alex à la police, n'est-ce pas ?

— Honnêtement, oui.

— Il avait l'air tellement déprimé que je n'ai pas voulu en rajouter. Son mariage a été un échec et il a laissé tomber l'armée, la seule chose qu'il aimait vraiment.

— J'en suis navrée pour lui, mais je ne vois pas pourquoi il s'en est pris à toi, sans parler de moi, de Sophie et de ton chien !

— Je ne veux pas le défendre mais d'une certaine façon, je le comprends. Je ne sais pas s'il ne m'arriverait pas la même chose si l'on m'enlevait Sophie.

— J'en doute fort... Où est-il à présent ?

— Il est retourné à Tintern. Demain sa sœur vient le rejoindre. Elle est plus vieille que lui et veuve d'un colonel de la garde des Royal Scots Dragoons. Elle sait tout des difficultés que rencontrent les soldats qui doivent se reconvertir dans le civil. Franchement, Elinor, tu veux toujours te venger ?

— Non. Cela n'a pas réussi au capitaine Reid et je ne crois pas que cela me réussirait davantage.

— Pourtant tu m'en veux toujours de lui avoir pardonné si vite ?

— Oui. Je suis sans doute moins noble que toi, Miles.

— Je ne pense pas. Je crois seulement que j'étais mieux à même de comprendre ce qui arrivait à Alex et que j'étais désolé pour lui. Mais je crois que j'aurais du mal à me sentir désolé pour ma petite amazone favorite...

— Eh bien, moi je me suis senti désolée pour moi-même ! Je n'ai même pas goûté à ma ratatouille !

— Tu y aurais goûté si tu avais ouvert la porte. Je t'en avais apporté... Au fait, que dois-je faire des deux côtes d'agneau que j'ai trouvées dans la cuisine ?

— Fais-les griller et mange-les !

— Tout seul ?

— J'en ai peur. Je suis en train de me réchauffer une tourte au poulet. C'est la spécialité de ma mère...

— Je vois, tu es une créature autosuffisante ! Dis-moi, serait-il indiscret de te demander pourquoi Oliver a appelé ?

— Il pense que je devrais rentrer et que nous pourrions tout reprendre où nous nous étions arrêtés, aussi bien du point de vue professionnel que personnel...

— C'est un homme courageux, dit Miles d'un ton faussement admiratif. Mais aurait-il osé te le dire en face ?

— Je pense que oui. Oliver est toujours, voyons... très sûr de lui, dit Elinor en riant.

— Et il a raison de l'être ?

— Si c'est une façon de me demander si je compte agir comme il le souhaite, la réponse est non.

— Dis-moi, ta désapprobation face à mon attitude laxiste de tout à l'heure t'empêchera-t-elle de travailler avec moi ou pas ? demanda Miles d'un ton ironique.

— Il est suffisamment difficile de trouver du travail de nos jours pour ne pas refuser une offre comme la tienne... Si tu veux toujours de moi, c'est d'accord.

— Bien ! s'exclama Miles en riant. Alors nous ferons comme convenu... Au fait, demain, je vais chercher

Sophie. Il paraît que l'état des routes sera meilleur. Ça te dit de venir avec moi ?

— Tu auras assez de place ?

— Oui. Les Hedley ont pris leur propre voiture. Ils rentreront de leur côté.

Elinor réfléchit, hésitant à capituler si facilement. Mais maintenant qu'elle avait eu du temps pour se reprendre, elle se sentait bien mieux disposée à l'égard de Miles qu'elle ne l'eût cru possible quelques heures auparavant... surtout après l'échange qu'elle venait d'avoir avec Oliver. Elle était même surprise de n'avoir jamais remarqué la qualité de sa voix : chaude, douce, infiniment sensuelle en comparaison du ton pompeux d'Oliver. Et puis, se rendre à Ludlow en sa compagnie semblait un bien meilleur programme que de passer une journée seule à se morfondre chez ses parents...

— C'est d'accord, dit-elle. Je viendrai.

— Bien. Nous déjeunerons là-bas et nous serons de retour avant la tombée de la nuit.

— D'accord... Cela va m'obliger à faire un peu de repassage après le dîner si je veux avoir l'air à peu près présentable demain. Au fait, j'ai lavé ton pull...

— C'est gentil, mais ce n'était pas nécessaire. J'aurais préféré le récupérer imprégné de ton parfum, Elinor.

La jeune femme rougit, heureuse qu'il ne puisse la voir.

— Dommage pour toi. J'étais tellement en colère contre toi et les hommes en général que je l'ai mis dans la machine avec toutes mes affaires.

— Et tu es un peu moins fâchée contre moi — et la gent masculine — à présent ?

— Plus ou moins, reconnut-elle en riant. Jusqu'à ce qu'Oliver revienne à la charge avec ses propos emphatiques.

— Tu pourras toujours me l'envoyer s'il devient pénible, dit Miles. Je suis sérieux, Nell ! Après tout, je t'ai connue toute petite et, en l'absence de ton père, je suis le plus qualifié pour te défendre...

— Merci, mais je peux très bien me défendre toute seule.

— C'est étrange... Je me doutais que tu dirais cela ! Bonne nuit, Elinor ! Et ferme bien ta porte... On ne sait jamais !

— C'est déjà fait. Je croyais que tu avais eu l'occasion de t'en rendre compte par toi-même, rétorqua-t-elle en riant.

— C'est vrai, et je suis sacrément déterminé à ce que tu ne me mettes plus jamais dehors de la sorte dans le futur ! dit-il avec une intonation si particulière qu'Elinor en demeura troublée bien après qu'il eut raccroché.

6.

Il était tout juste 9 heures quand Miles arriva à Cliff Cottage, le lendemain matin. Elinor, surprise, le fit entrer.

— Je croyais que tu avais dit que tu passerais à 10 heures, s'étonna-t-elle en désignant une chaise. Je viens de faire du thé. Tu en veux une tasse ?

— Volontiers, acquiesça Miles en s'asseyant. J'étais prêt de bonne heure et j'ai pensé qu'il valait mieux que je vienne un peu avant, pour faire la paix...

— Tu l'as fait hier soir au téléphone... Tu veux manger quelque chose ? Je n'ai pas d'œufs mais j'ai toute une gamme de confitures maison.

— Avec plaisir ! Je commence à m'habituer à manger en ta compagnie. Hier soir, je me sentais un peu seul...

— Jusqu'à il y a peu tu ne te souvenais même plus de mon existence...

— C'est vrai, admit-il en prenant un toast qu'il commença à beurrer. Mais l'étrange situation dans laquelle nous nous sommes retrouvés nous a au moins permis de renouer très vite connaissance. Du reste, je t'ai toujours connue, même si nous ne nous voyions que de loin en loin. Mais je reconnais que j'ai éprouvé un choc en voyant que le petit oursin androgyne s'était changé en une magnifique jeune femme...

— Tu ne trouves pas qu'il est un peu tôt le matin pour ce type de conversation ?

Le regard qu'il porta sur elle la fit rougir jusqu'à la racine des cheveux.

— Très bien. Je te laisserai donc choisir le moment où nous devrons la reprendre...

— Si tant est que j'en aie envie, compléta-t-elle en se resservant une tasse de thé.

— Tu m'en veux toujours pour Alex ?

— Non. Lorsque je me suis enfin calmée, j'ai eu plutôt pitié de lui... Même si je trouve toujours aussi difficile à comprendre qu'il en soit venu à nous terroriser de la sorte...

— C'est vrai, c'est étrange. Pourtant, je comprends ses motivations...

— Ta carrière l'a peut-être rendu jaloux mais ton mariage n'a pas connu un meilleur sort que le sien, ne put s'empêcher de dire la jeune femme.

— C'est vrai, mais il t'a vue avec moi et il a pensé que j'avais de nouveau une fille superbe dans ma vie. Pour lui, ça a été le point de rupture... Il m'a dit lui-même que, sans ton arrivée, il se serait contenté des quelques tours qu'il avait joués à mon chien et des coups de téléphone anonymes. Mais il a cru que nous étions amants et ça l'a rendu encore plus jaloux...

— C'est pour cela qu'il m'a appelée et qu'il a coupé l'électricité ?

— Oui.

— Et que comptait-il faire après m'avoir kidnappée ?

— Il voulait que nous nous battions d'homme à homme. Tu ne lui servais que d'appât.

— Il est malade ! Et tu l'as vraiment cru ?

— Je ne sais pas..., dit Miles d'une voix grave. Tu lui as causé un sacré choc en sautant de la falaise. Lorsque nous lui sommes tombés dessus, il a fondu en larmes comme un enfant pris en faute.

— C'est pour cela que tu le plaignais...

— Pas pour ses larmes mais pour la honte qu'il avait de les verser.

— Et si je n'avais pas été dans la Cache ? demanda-t-elle. Si j'étais vraiment tombée de la falaise ?

Il soupira et se leva, l'attirant auprès de lui.

— Je me suis posé la question durant une bonne partie de la nuit et c'est pour ça que je me suis levé si tôt et que j'ai décidé de venir te demander pardon. Je pense que je voulais être sûr que tu étais toujours en un seul morceau... Et quel morceau, ajouta-t-il en la dévorant des yeux.

Il l'attira à lui et l'embrassa longuement. Elle ne chercha pas à se dégager de son étreinte qui la troubla plus encore qu'elle n'aurait voulu se l'avouer. Lorsqu'ils se séparèrent, il la regarda longuement dans les yeux.

— Ne me dis pas qu'il est trop tôt pour cela aussi car je ne serai pas d'accord, murmura-t-il d'une voix un peu rauque.

Il l'embrassa de nouveau et Elinor oublia le temps, l'endroit et tout ce qui n'était pas cette bouche avide et ces mains expertes qui faisaient naître en elle des sensations inconnues. Toute sa rancœur avait disparu et elle lui rendit ses baisers avec fougue jusqu'à ce qu'elle sente que, si elle ne s'écartait pas de lui, elle perdrait tout contrôle de ses actes.

Au prix d'un effort surhumain, elle le repoussa doucement et se plaça de l'autre côté de la table, haletante et les yeux brillants.

— Nous devrions déjà être en route pour aller chercher Sophie, murmura-t-elle.

Miles respira profondément, les mains si crispées contre le dossier de sa chaise que ses phalanges en étaient blanches.

— J'aimerais vraiment que ce ne soit pas le cas, Nell. Il n'y a rien à l'heure actuelle que je désire plus que de faire l'amour avec toi.

— Et tu crois que je serais d'accord, juste comme ça ? demanda-t-elle en l'affrontant du regard.

— Non. Je ne fais que te dire ce que je ressens... Je ne

peux qu'espérer que tu éprouves la même chose à mon égard mais je n'en suis pas certain. Les femmes ne fonctionnent pas exactement comme les hommes...

— Je ne suis pas « les femmes », Miles, répondit-elle d'un ton acide. Je suis moi et j'ai mes propres règles du jeu !

— Alors apprends-les-moi et je ne serai que trop heureux de m'y conformer..., lui dit-il en reprenant le contrôle de lui-même.

— Tu le penses vraiment ? demanda-t-elle en le regardant avec circonspection.

— Je le regretterai peut-être mais oui, je le pense vraiment.

— Eh bien, tout d'abord, si nous travaillons ensemble, il n'est pas souhaitable que entretenions une relation privée...

— C'est bien ce que tu as fait avec Oliver !

— Et regarde où cela m'a menée ! Et puis, avec lui, les choses étaient différentes, ajouta-t-elle en rougissant.

— Parce que tu l'aimais ?

— Non. Je sais maintenant que je ne l'ai jamais aimé... Je regrette juste de ne pas m'en être aperçue plus tôt.

— Alors quel est le problème ?

— Il est évident que lorsque nous nous embrassons..., commença Elinor qui ne savait comment présenter les choses.

— ... nous formons un couple extraordinaire, compléta galamment Miles.

— Oui... Cela ne m'était encore jamais arrivé avec d'autres hommes.

— Même avec Oliver ? demanda Miles, une pointe de fierté dans le regard.

Elinor acquiesça de la tête à regret.

— Tu as peut-être raison, Elinor, soupira Miles. Tout cela n'est peut-être qu'une question de désir physique...

Mais je croyais pouvoir contrôler ce genre d'instinct en moi et je me trompais. En ce moment, j'ai beaucoup de mal à m'empêcher de te prendre dans mes bras.

— Dans ce cas, ce n'est peut-être pas une très bonne idée de travailler ensemble, suggéra la jeune femme malgré elle.

— Même si je promets de ne plus te toucher... sans y avoir été autorisé?

— Tu respecterais ta promesse?

— J'essaierai, répondit-il honnêtement, mais depuis hier, c'est devenu difficile.

— Pourquoi hier?

— Parce que, lorsque j'ai pensé que tu avais basculé de la falaise, j'ai eu l'impression qu'une partie de moi avait disparu avec toi. Comprends-moi bien, Elinor. Je ne dis pas que je me suis soudain aperçu que j'étais amoureux de toi. J'ai passé l'âge de ces sottises... Mais la sensation d'arrachement que j'ai ressentie en me penchant au-dessus du vide était indescriptible...

— Comme lorsque Sophie a été menacée? suggéra la jeune femme précipitamment. Tu étais responsable de moi et tu n'avais pas pu me sauver?

Miles eut un sourire amer.

— Je ne pense pas à toi en termes de responsabilité, ni de paternité... comme je viens de te le prouver, d'ailleurs. La seule chose dont je sois certain, c'est que je veux que tu fasses partie de ma vie. Si tu veux que ce ne soit qu'en tant qu'assistante, je me plierai à ton désir... pour le moment du moins. Mais je mentirais si je te disais que je ne veux pas davantage. J'ai eu beaucoup de plaisir à vivre avec toi ces derniers jours. Alors si tes règles de conduite te permettent de travailler pour un homme qui voudrait être ton ami et ton compagnon, j'en serai heureux.

Elinor le regarda longuement, essayant désespérément de paraître détachée. Mais les paroles de Miles Carew étaient comme la réalisation d'un vieux rêve d'enfance. Quelque chose de fou, d'inespéré...

— Je crois, commença-t-elle d'une voix troublée, que nous venons de passer deux jours éprouvants. Je pense que nous devrions aller chercher Sophie et passer la journée avec elle. Ensuite je t'aiderai à mettre en ordre les papiers les plus urgents pour la réalisation de ton projet... Après quoi, je rentrerai à Cheltenham et je réglerai mes problèmes personnels et professionnels. Dans quelques semaines, nous pourrons alors reparler de tout cela à tête reposée.

— Et Oliver ? demanda Miles.

— Il ne fait déjà plus partie de ma vie, dit-elle d'une voix calme et posée. Mais je dois encore faire en sorte que cela soit clair pour lui. Et je dois aussi démissionner de mon entreprise.

— Tu lui diras que tu as trouvé un nouveau travail ?

Elinor regarda Miles longuement, comme pour deviner ce qu'il avait vraiment en tête. Puis elle sourit, les yeux pétillants.

— Pourquoi pas ? Après tout, peu importe qu'il soit d'humeur vindicative ! Mon nouvel employeur n'a pas besoin d'une lettre de références !

La route jusqu'à Ludlow était toujours enneigée, malgré le récent salage, et ils mirent plus de temps qu'ils ne pensaient pour atteindre la ville. Manifestement, Sophie Carew attendait son père avec impatience. A peine la Range Rover fut-elle garée devant l'hôtel, qu'une petite fille mince aux longs cheveux noirs vêtue d'un pull-over rouge et d'un jean courut vers eux. Elinor sourit en voyant combien elle ressemblait à son père.

— Une pousse du vieil arbre, fit-elle remarquer à son compagnon qui lui rendit son sourire.

Miles sortit du véhicule et enleva sa fille dans ses bras pour la couvrir de baisers. Il écouta ensuite patiemment le compte rendu exhaustif qu'elle lui fit de son séjour à

Ludlow, la description des chiots de Daisy, et les reproches qu'il lui fallut subir pour avoir oublié d'amener Meg avec lui.

— Elle est toujours au chenil, pipelette, expliqua-t-il en riant. Mais j'ai amené quelqu'un d'autre, ajouta-t-il en désignant Elinor. Je te présente Elinor, la fille du Dr Gibson...

Sophie resta silencieuse un moment, parcourant la jeune femme d'un regard dubitatif, puis elle lui tendit la main.

— Bonjour... Je connais votre maman.

— Tu peux me tutoyer, tu sais, dit la jeune femme en serrant la petite main. Ma mère m'a beaucoup parlé de toi et je suis très heureuse de te rencontrer enfin.

Sophie sourit poliment, cherchant à dissimuler sa déception de ne pas avoir son père pour elle toute seule.

— Mme Hedley nous a préparé un repas spécial et M. Hedley est malade. Il a la grippe, dit-elle d'une voix grave. Vous pouvez venir directement dans la salle à manger, le déjeuner est prêt.

— Bizarre, remarqua Miles en emboîtant le pas à sa fille. Mme Hedley ne m'a pas dit que son mari avait la grippe hier soir...

— Peut-être est-il tombé malade pendant la nuit, suggéra Elinor en haussant les épaules.

Mme Hedley vint à leur rencontre. C'était une petite femme replète d'une soixantaine d'années qui respirait la joie de vivre et la bonne humeur.

— Monsieur Miles, s'exclama-t-elle avec un joyeux sourire. Mais c'est Elinor ! Quel plaisir de vous revoir... Je suis désolée mais la venue du docteur m'a un peu retardée et le repas n'est pas tout à fait prêt.

— Ce n'est pas grave... Mais comment va Tom ?

— Oh, ce n'est qu'une mauvaise grippe ! Cela faisait quelques jours qu'il ne se sentait pas bien mais il refusait de faire venir un médecin. Vous savez comme il est obstiné ! Maintenant, il a une fièvre de cheval et il fait beaucoup moins le fier... J'ai eu surtout peur que Sophie ne l'attrape.

— Ne vous en faites pas ! la rassura Miles en prenant sa fille par les épaules. Après le déjeuner, nous la ramenons à la maison et vous pourrez rester ici avec Tom jusqu'à ce qu'il aille mieux.

— Mais ce n'est pas possible ! Qui va s'occuper de vous deux pendant ce temps ?

— Il se trouve que j'ai justement du temps libre en ce moment, déclara Elinor en saisissant l'occasion au vol. Si Miles et Sophie veulent bien prendre le risque de me laisser cuisiner, je serai heureuse de les aider.

— Merci, Elinor, dit Miles avant que Mme Hedley ait pu répondre. Nous acceptons avec plaisir, n'est-ce pas Sophie ?

La petite fille ne parut pas aussi enthousiasmée que son père à cette idée.

— Quand reviendrez-vous, Mme Hedley ? demandat-elle, l'air contrarié.

— Dès que possible, ma chérie. Ne te fais pas de souci...

— Vous savez, la rassura Elinor, ils ne mourront pas de faim. Ma mère m'a appris à cuisiner.

Mme Hedley sourit à la mention de Mme Gibson et demanda à la jeune femme des nouvelles de ses parents, puis elle leur présenta sa sœur Béryl.

Après le repas simple, mais admirablement cuisiné, qui se termina par une glace à la vanille, spécialité de Béryl et qui fit les délices de Sophie, Miles décida de prendre congé de peur que le temps ne change et ne les empêche de rentrer à Stavely.

— Il faut que tu voies les bébés de Daisy avant, dit Sophie à son père.

Elle les conduisit jusqu'à une petite pièce où on avait installé la chienne labrador en compagnie de ses petits. Elinor poussa un cri de plaisir à la vue des chiots au pelage satiné et s'agenouilla pour les caresser.

— Ils sont magnifiques, s'exclama-t-elle avec enthousiasme.

Sophie hocha la tête puis se tourna vers son père.

— Mme Dodd a dit que Daisy ne pourrait pas tous les garder. Des gens en ont déjà acheté. Dis, on ne pourrait pas en prendre un, nous aussi ?

— Mais nous avons Meg, lui rappela Miles.

Elinor vit la tristesse qui envahissait les yeux de la petite fille et, à sa propre consternation, elle s'entendit proposer :

— Je pourrais en prendre un, Sophie.

— Cela risque de te compliquer la vie, Elinor, objecta Miles.

Mais Sophie regardait Elinor avec ravissement et reconnaissance.

— C'est vrai ? Tu en veux un ? Je t'aiderai à t'en occuper, tu verras !

La petite fille se pencha et prit l'un des petits dans ses bras.

— C'est elle que je préfère.

Elinor sourit. Pour elle, tous les chiots se ressemblaient. Mais elle adorait les animaux et il y avait toujours eu un chien à Cliff Cottage depuis qu'elle était enfant. C'est alors qu'elle se souvint que la maison appartiendrait bientôt à Miles.

— Elle s'appelle Jet, précisa Sophie comme si elle sentait l'hésitation d'Elinor.

— C'est un très joli nom, affirma cette dernière, incapable de résister à la supplique qu'elle lisait dans les yeux de la petite fille.

— Nous pourrons toujours nous en occuper si tu es obligée de t'absenter un jour ou deux, ajouta Miles en regardant la jeune femme avec insistance.

— Très bien, dit-elle en sentant qu'elle regretterait cette décision. Je la prends. Je vais aller demander à Mme Dodd combien elle veut pour Jet...

— Permets-moi de te l'offrir, dit Miles. Pour te remercier d'avoir accepté de t'occuper de nous pendant les prochains jours.

Elinor protesta puis finit par céder devant l'insistance de Miles. Lorsqu'elle apprit combien coûtait un labrador avec pedigree, elle comprit toute la valeur du cadeau. Puis ils prirent congé, équipés d'une laisse, d'une gamelle, d'un collier, d'un panier et de croquettes pour Jet. Le petit chien n'était manifestement pas heureux d'être séparé de sa mère et il paraissait très effrayé par le voyage en Range Rover. Sophie passa une bonne partie du trajet à essayer de le calmer, lui parlant du beau jardin où il allait vivre, de son futur compagnon, lui expliquant combien il aimerait Stavely. Finalement, ce mantra fit effet et la petite fille et le chiot s'endormirent tous les deux.

— Tu es sûre que tu ne vas pas le regretter ? demanda Miles avec un sourire amusé.

— Si. Je croyais que les derniers événements m'avaient appris à me méfier de mes instincts, mais voilà que j'achète un chien juste parce que ta fille me regarde avec des yeux suppliants...

— Si seulement j'avais autant d'effet qu'elle sur toi, soupira Miles.

Elinor le regarda longuement avant de répondre :

— Même si c'était le cas, je ne succomberais pas. Entre la cuisine et le chien, je risque d'avoir bien d'autres problèmes en tête. Sans compter que je dois encore gagner la sympathie de ta fille, ce qui ne sera pas facile...

— Je me demande, fit Miles pensivement, pourquoi tu tiens tant à gagner son amitié...

— Eh bien..., commença Elinor en rougissant. Si nous sommes appelés à travailler ensemble, il vaut mieux que je m'entende bien avec Sophie. C'est même toi qui m'as suggéré de lui rendre visite le temps qu'elle se fasse des amis dans la région.

— C'est vrai, Elinor. Et je t'en remercie.

La jeune femme resta silencieuse. Elle savait parfaitement, et Miles le savait probablement aussi, que ce n'était pas parce qu'il allait être son employeur qu'elle désirait tant que Sophie l'apprécie. C'était avant tout parce qu'elle était la fille de Miles. Mais c'était aussi parce que c'était une petite fille adorable dont les yeux trahissaient parfois une infinie tristesse.

C'était sans doute en grande partie à cause de l'absence de sa mère. Elinor se refusait à condamner Selina sans connaître toute son histoire, mais elle ne comprenait pas que l'on puisse abandonner son enfant... Surtout pour épouser un homme riche trop égoïste pour accepter de jouer les beaux-pères.

— Tu as l'air bien sombre, Elinor, dit Miles. A quoi penses-tu ?

— Je réfléchissais à tout ce qui s'est passé ces derniers jours, mentit la jeune femme. Et je me demandais si j'avais vraiment bien fait d'accepter ce chien...

— Tu crois que cela posera un problème à tes parents ?

— Je n'y avais même pas réfléchi ! s'exclama Elinor, que cette idée inquiéta soudain.

Miles sourit alors que la voiture s'engageait sur le chemin qui menait à Cliff House.

— Le temps que tes parents reviennent, Jet sera une chienne très obéissante. Et ils seront trop absorbés par leur déménagement pour se soucier d'elle. Quant au nouveau propriétaire, je ne crois pas qu'il se formalise de quelques marques de dents ou de griffes sur ses meubles...

— Mon Dieu ! Je n'avais pas pensé à cela non plus ! Il va falloir que je roule tous les tapis de maman.

— Ne t'inquiète pas. Pour le moment, le foyer de Jet sera Cliff House. J'aimerais que tu vives avec nous jusqu'au retour des Hedley.

— Mais..., commença Elinor, prise de court par sa proposition.

— Tu me rendrais un grand service, l'interrompit Miles. Sophie a l'habitude qu'il y ait toujours quelqu'un à la maison et je serai souvent absent pour m'occuper du démarrage des travaux.

— Très bien. Je veux bien te donner un coup de main durant la journée, mais je retournerai coucher à Cliff Cottage.

— Pourquoi ? demanda Miles, le visage durci. Tu as peur que je ne respecte pas ma promesse ? Avec Sophie sous le même toit...

— Ce n'est pas ce que je voulais dire, Miles, rétorqua la jeune femme. Je préfère dormir chez moi, dans mon lit, tant que Cliff Cottage est encore à moi. C'est la maison où j'ai passé toute mon enfance, souviens-toi... La quitter sera un déchirement quand mes parents partiront.

— Je comprends... Je ne voulais pas te compliquer les choses, c'est tout. J'espère que tu ne regrettes pas d'avoir cherché refuge à Stavely ?

— Si j'avais su tout ce qui m'attendait, je serais sans doute restée bien tranquillement chez moi à Cheltenham...

Ils étaient arrivés devant la maison. Miles coupa le contact et se tourna vers la jeune femme.

— Cela signifie-t-il que tu préférerais oublier tout ce qui s'est passé et renouer avec Oliver ?

— Non, dit Elinor après un long silence.

— Qui est Oliver ? demanda une petite voix ensommeillée à l'arrière de la voiture. Oh, Papa ! Je crois qu'il est vraiment temps de promener Jet !

Instantanément, chacun se jeta dans l'action. Miles fit sortir Sophie de la voiture et Elinor attacha la laisse du chiot, puis tous trois conduisirent Jet à la découverte de son nouveau domaine. La neige n'avait pas encore fondu et les lampes de sécurité jetaient des taches jaunes sur l'épais tapis blanc.

— Je crois que je vais aller faire un tour à Cliff Cottage pour voir si tout va bien, annonça Elinor.

— Nous t'accompagnons, déclara Miles d'une voix ferme. Sophie, tiens bien la laisse jusqu'à ce que nous soyons à l'intérieur. Ensuite nous installerons Jet dans la cuisine pendant qu'Elinor fera le tour de la maison.

— Mais papa, s'exclama tristement la petite fille, lorsqu'ils eurent déposé le panier du chiot et tout son attirail, elle va se sentir seule dans la cuisine. Sa maman va lui manquer!

Elinor et Miles échangèrent un regard douloureux. La souffrance qui perçait dans la voix de la fillette était déchirante.

— Si elle se sent trop seule, je viendrai la cajoler pendant la nuit, dit-elle à l'enfant dont les yeux s'illuminèrent à cette promesse.

— C'est vrai? Tu le feras?

— Promis, juré! Mais demain, il faudra que tu la présentes à Meg. Comme cela elle aura une amie ici.

— Bonne idée! Oh, papa! Nous avons de la chance qu'Elinor s'occupe de nous pendant que Mme Hedley soigne M. Hedley! N'est-ce pas?

— C'est vrai, approuva Miles sans quitter la jeune femme des yeux. Nell est une fille formidable...

— Papa t'appelle Nell, remarqua Sophie. Est-ce que je peux t'appeler comme ça, moi aussi?

— Mais bien sûr, répondit Elinor en caressant les cheveux de la petite fille.

— Dis, commença Sophie encouragée par cette réponse, tout en lui lançant un regard enjôleur, est-ce que tu sais faire les hamburgers? Mme Hedley ne veut jamais m'en faire!

Cliff House avait été construite au début du siècle et était pourvue de nombreuses chambres, dont certaines destinées aux domestiques chargés d'entretenir la grande maison et les jardins. Mais aujourd'hui, seuls la cuisine, le salon et les chambres de Sophie et de Miles étaient utilisées.

C'est dans le salon que Miles et Elinor s'installèrent après le dîner. Ils avaient réussi à envoyer Sophie au lit, non sans avoir dû lui promettre des hamburgers et de la glace au déjeuner du lendemain pour lui faire renoncer à l'idée de dormir avec Jet. Le chiot était endormi devant la cheminée.

— J'ai l'impression que Mme Hedley ne considère pas les hamburgers comme une nourriture convenable, déclara Elinor, amusée.

— Non. C'est une fervente partisane de la bonne cuisine traditionnelle. Sa plus grande tolérance est d'accepter les glaces dont raffole Sophie. Ce n'était pas le cas de Selina, semble-t-il.

— Ce qui n'a pas empêché Sophie d'être une petite fille en parfaite santé, remarqua Elinor. Je n'ai jamais vu une enfant avec des joues si roses !

— Je pense que ce doit être à cause du froid...

— Oui, je l'avais presque oublié depuis que le chauffage est rétabli ! Nous pourrions même ne pas faire de feu si ce n'était pas si agréable de regarder les flammes...

— C'est d'autant plus dommage de te laisser repartir dans le froid et la nuit... Pourquoi ne restes-tu pas ici deux ou trois jours, Nell ?

— Parce qu'il n'y a aucune raison de le faire et tu le sais parfaitement. Je ne cours plus aucun danger...

Pour masquer le désir irrésistible qu'elle avait de rester, Elinor se leva.

— Bon, de toutes façons, il faut que je sorte Jet. Et la promenade jusqu'à Cliff Cottage lui fera du bien.

— Je ne peux même pas te raccompagner, soupira Miles en l'aidant à enfiler son blouson.

— Ne t'inquiète pas ! Il ne m'arrivera rien... Et puis, de toutes façons, j'ai un chien de garde à présent !

— Je ne sais pas si cela me rassure beaucoup, fit Miles en observant le chiot endormi. Promets-moi de m'appeler si tu changes d'avis, ajouta-t-il. Ou si tu veux de moi...

Le regard qu'elle lui lança dut lui faire comprendre à quel point elle le désirait. Il ouvrit les bras et elle se serra contre lui, heureuse de sentir sa force l'envelopper, de sentir ses lèvres se poser doucement sur les siennes. Il écarta doucement son blouson et commença à lui caresser la poitrine tandis que ses baisers devenaient plus passionnés. Elle le repoussa tendrement.

— Tu sais très bien que je veux de toi, murmura-t-elle, les yeux brillants. C'est tellement évident et en même temps c'est un sentiment si nouveau pour moi que cela me rend nerveuse...

— Je croyais qu'Oliver avait été ton amant ?

— C'est ce que je croyais aussi...

— Que veux-tu dire ? demanda Miles, surpris.

— Eh bien, Oliver et moi avons fait l'amour, c'est vrai. C'était plutôt agréable... Mais je n'ai jamais rien éprouvé qui ressemble à ce que je ressens avec toi. En fait, s'il n'avait tenu qu'à moi, nous n'aurions peut-être même pas été amants.

— Pourquoi as-tu accepté alors ?

— Parce que je croyais l'aimer... Parce que je pensais que les choses s'arrangeraient avec... l'expérience.

— Et cela ne s'est pas arrangé ?

— Non... Mais peut-être aurais-je dû nous laisser plus de temps.

— Je ne crois pas. Ce que tu as ressenti avec moi, tu l'as ressenti dès notre premier baiser. On ne peut pas attiser des braises qui n'ont jamais été allumées...

Elle soupira en attachant le collier du chiot.

— C'est ce que j'ai compris en fin de compte, reconnut-elle en se relevant pour faire face à Miles. Bon, il faut que je retoune chez moi, sinon, c'est moi qui finirai par pénétrer dans ta chambre en pleine nuit.

— C'est une idée séduisante, dit Miles en souriant. Je tâcherai d'en rêver.

— Je pense que tu ferais mieux de dormir, fit Elinor en se dirigeant vers la porte. Je viendrai vers 8 heures demain matin pour préparer le petit déjeuner.

— Ce n'est pas la peine, tu sais. Je peux très bien m'en occuper tout seul. Tu devrais t'offrir une petite grasse matinée.

— A mon avis, Jet ne me laissera pas faire...

Miles alla vérifier que Sophie était bien endormie puis redescendit pour escorter Elinor jusqu'à la route qui menait au cottage. Au moment de la quitter, il insista fermement pour qu'elle l'appelle lorsqu'elle serait installée pour la nuit.

— Je suis à deux cents mètres à peine de chez toi, dit Elinor en souriant. Et maintenant que le capitaine Reid est avec sa sœur, je ne devrais pas recevoir de nouveaux coups de téléphone...

Mais elle se trompait. A peine avait-elle passé la porte d'entrée que le téléphone sonna. Elle alla répondre dans la cuisine, prenant soin de fermer la porte pour éviter que

Jet ne parte explorer la maison pendant la durée de sa conversation.

— Elinor ? Mais où étais-tu, bon sang ? s'écria la voix furieuse d'Oliver dans le combiné.

— A Ludlow, très exactement, répondit-elle d'une voix légère. Pourquoi ? Tu as besoin de quelque chose, Oliver ?

— Pourquoi es-tu allée à Ludlow par un temps pareil ? Tu aurais pu avoir un accident !

— Ce n'est pas moi qui conduisais, si cela peut te rassurer. De plus, je croyais avoir été suffisamment claire, Oliver : ce que je fais et où je vais ne te regardent absolument plus. Je te rendrai ta bague, et j'ai démissionné de l'entreprise... Je suis désolée, mais nous ne nous serions jamais vraiment entendus...

— Simplement parce que je n'arrive pas à apprécier la compagnie de ton cercle d'amis ? demanda-t-il, cinglant.

— En partie, oui.

— Et qu'y a-t-il d'autre ?

— Beaucoup de choses... Oh, mon Dieu ! s'exclama-t-elle, mon petit chien vient de faire pipi sur le carrelage de la cuisine !

— Ton petit chien ? Mais je croyais que tu aimais les chats.

— Non, Oliver. C'est toi qui aimes les chats. Moi, j'aime les chiens... Bon, je viendrai récupérer mes affaires au bureau dès que possible.

— Tu ne comptes même pas rester un mois ?

— Etant donné notre ancienne relation, et le fait que toute l'entreprise était au courant, je ne pense pas que ce soit une bonne chose. Et puis, cela ne me dérange pas de renoncer à mes indemnités de licenciement...

— Je ne suis pas du genre à me venger aussi bassement, Elinor, dit Oliver d'une voix blessée. Mais je suppose que cela signifie que tu as trouvé un nouvel emploi ?

— Disons plutôt que c'est mon nouvel emploi qui m'a

trouvée... Ecoute, Oliver, je dois vraiment raccrocher avant que mon chien ne massacre toute la cuisine...

Elinor avait fini d'essuyer les dégâts du chiot et lui préparait un bol de lait lorsque que le téléphone sonna de nouveau. Cette fois, c'était Linda qui appelait pour prendre de ses nouvelles et lui demander quand elle comptait rentrer. Elinor lui expliqua qu'elle s'installerait sans doute à Stavely pour quelque temps après être passée récupérer quelques affaires. Son amie pourrait donc continuer d'utiliser l'appartement en attendant qu'elle décide de ce qu'elle ferait en fin de compte.

La jeune femme alla ensuite prendre un bain et se mettre en chemise de nuit avant de revenir voir Jet qui paraissait peu désireuse de passer la nuit seule dans la cuisine. Le téléphone sonna alors pour la troisième fois.

— Tout va bien ? demanda Miles.

— Oui... Sauf que Jet refuse de rester toute seule. Mais je vais bien finir par la convaincre.

— J'ai appelé un peu plus tôt. La ligne était occupée...

— C'était Linda..., expliqua Elinor, sans comprendre pourquoi elle se sentait obligée de le lui dire. Et Oliver, ajouta-t-elle à contrecœur.

— Il voulait que tu reviennes ?

— Oui. Mais je lui ai fait comprendre que je n'en avais pas l'intention.

— Le pauvre, dit Miles avec un manque de sincérité si évident qu'Elinor éclata de rire.

— Tu ne le plains pas le moins du monde !

— C'est vrai... Et je te répète ce que je t'ai dit il y a quelque temps : s'il se montre trop insistant, envoie-le-moi. Je suis un vieil ami de la famille, parfaitement apte à te défendre de tes soupirants indésirables.

— Y compris de toi-même ? demanda Elinor en souriant.

— C'est un autre problème, avoua Miles d'une voix amusée. Je ne cesse de me répéter qu'Elinor Gibson est avant tout la sale petite peste qui ne cessait de jouer des mauvais tours à mes frères cadets. Je me rappelle même un jour où tu étais montée dans l'arbre le plus haut de la propriété. Harry s'était foulé le poignet en essayant de venir te chercher et on m'a demandé de te ramener sur la terre ferme en un seul morceau...

— C'est ce que tu as fait, et de façon terriblement efficace, dit Elinor avec un certain ressentiment. Et puis tu m'as tellement grondée que j'ai passé la soirée à pleurer comme une Madeleine !

— Vraiment ? demanda Miles d'une voix pleine de douceur.

— Oui.

— Si tu étais ici en ce moment, je pourrais te faire des excuses...

— J'avais tort de penser que tout danger était écarté ! s'exclama Elinor. C'est de toi et non du capitaine Reid que j'aurais dû m'inquiéter !

— Je veux juste que nous soyons amis, Nell.

— Amis ?

— Oui, dit Miles d'une voix grave après un long silence. Des amis très proches...

Elinor alla se coucher mais, à peine avait-elle fermé la porte de la cuisine, que Jet se mit à gémir doucement d'une voix si piteuse qu'elle retourna lui allumer la lumière. Cela n'aida guère à réconforter la petite chienne qui continua de plus belle à pousser des gémissements plaintifs.

La jeune femme renonça et, avec une pensée désolée pour sa mère qui avait toujours exigé que les chiens restent au rez-de-chaussée, elle emmena le panier de Jet dans sa chambre.

Elinor se glissa enfin entre les draps mais, dès qu'elle eut éteint la lumière, Jet sauta sur le lit. La jeune femme tenta en vain de protester contre cette intrusion mais finit par céder, trop épuisée pour argumenter plus longtemps.

Elle dormit profondément jusqu'à 6 heures du matin. A ce moment, la petite chienne la réveilla pour lui faire comprendre qu'elle devait absolument sortir.

Les yeux bouffis de sommeil et sans cesser de bâiller, Elinor descendit avec Jet sous le bras et ouvrit la porte de la cuisine pour la faire sortir. Mais dès que la petite chienne vit qu'elle était libre, elle fila comme une flèche à travers le jardin obscur et enneigé. Jurant entre ses dents, la jeune femme enfila un imperméable et des bottes en caoutchouc, attrapa une lampe de poche et partit en courant à la poursuite de l'animal.

Elle l'aperçut qui filait en direction de Cliff House et bifurqua derrière elle. Mais lorsqu'elle s'approcha de la maison, les lumières de sécurité s'allumèrent automatiquement. Quelques instants après, Miles surgit sur le pas de la porte, en robe de chambre.

— Elinor! s'exclama-t-il. Que se passe-t-il? Tu vas bien?

— C'est Jet, elle... elle s'est enfuie, tenta d'expliquer la jeune femme en claquant des dents.

Miles jura, empoigna la lampe torche et éclata de rire en voyant une petite boule noire arriver près d'eux en gambadant, apparemment très satisfaite de sa petite promenade improvisée. Il se baissa, attrapa la chienne et prit Elinor par le bras pour l'emmener à l'intérieur de la maison.

— Mais tu es gelée! constata-t-il.

Il conduisit la jeune femme dans la cuisine, alluma le chauffage et contempla sa tenue d'un œil amusé.

— Je ne peux pas rester, dit Elinor, gênée. J'ai eu tellement peur que je n'ai pas pensé à fermer la porte à clé derrière moi. Je suis désolée de t'avoir réveillé, Miles. J'espère que Sophie dort toujours.

— Je vais aller vérifier puis je te raccompagnerai...

Mais si tu étais restée ici comme je te l'avais conseillé, rien de tout cela ne serait arrivé !

— Je ne pense pas que tu aurais apprécié les gémissements de Jet. Elle a obstinément refusé de dormir ailleurs que dans mon lit...

— Ce n'est pas moi qui le lui reprocherais, dit Miles avant de quitter la pièce.

Malgré elle, Elinor éclata de rire. Elle s'adossa à l'un des radiateurs en caressant la petite chienne endormie au creux de ses bras. Elle se demanda soudain si elle n'avait pas accepté trop de responsabilités. Et pas seulement vis-à-vis du chiot, mais surtout auprès de Sophie qui avait tant besoin que l'on s'occupe d'elle, et vis-à-vis de Miles, même si elle refusait encore de voir jusqu'où cela la mènerait.

— Tu en fais, une tête ! s'exclama Miles qui venait de revenir dans la cuisine. A quoi penses-tu ?

— Que je dois être complètement folle pour me promener en chemise de nuit en plein hiver !

— J'espère que tu n'as pas attrapé du mal, dit-il en l'enveloppant dans une couverture qu'il avait descendue. Sophie dort à poings fermés. Je vais te raccompagner au cottage puis revenir dormir une heure. Je te conseille d'en faire autant. Et si Jet proteste parce que tu la laisses seule, bouche-toi les oreilles !

De retour à Cliff Cottage, Elinor installa le chiot ensommeillé dans son panier et alla se coucher. Elle s'endormit en quelques secondes et ne rouvrit les yeux que deux heures plus tard.

— Nous allons faire quelques courses, puis nous irons chercher Meg au chenil, annonça Miles alors que tous trois terminaient le petit déjeuner qu'Elinor était venue préparer, comme promis.

— J'espère qu'elle s'entendra bien avec Jet...

— J'espère surtout que Meg lui enseignera les bonnes manières, dit Miles en repoussant le chiot qui s'était résolument attaqué à son chausson. Nous lui achèterons un os en plastique pour qu'elle se fasse les dents. Sophie, va donc la promener pendant que nous débarrasserons.

Elinor proposa de rester pour s'occuper du chiot pendant qu'ils iraient faire les courses, mais Sophie protesta avec véhémence :

— Pas question, Nell ! Nous voulons que tu viennes avec nous ! N'est-ce pas, papa ?

Ce dernier hocha la tête, feignant la résignation :

— A l'unanimité, fit-il avec un sourire.

La jeune femme sourit à son tour et s'inclina :

— Bien, je viendrai... Mais Jet risque de ne pas apprécier le voyage en voiture.

— Je m'occuperai d'elle, promit Sophie.

Elinor boutonna le duffle-coat de la petite fille qui sortit solennellement avec le chiot.

— Je crois qu'elle t'aime beaucoup, constata Miles avec un sourire satisfait lorsque la porte fut refermée.

— Je l'espère, dit Elinor en commençant à débarrasser. Parce que l'on ne peut pas forcer les enfants à vous aimer...

— Et toi ? Tu l'aimes bien ?

— Bien sûr ! s'exclama la jeune femme. Elle est...

Elle s'interrompit. Elle ne pouvait pas dire à Miles qu'elle adorait sa fille parce qu'elle ressemblait beaucoup à son père.

— Elle est si vulnérable, parfois, reprit-elle. Lorsqu'elle a ce drôle de regard triste au fond des yeux, j'ai terriblement envie de la serrer dans mes bras.

— Je comprends ce que tu veux dire, affirma Miles en hochant la tête. Heureusement, cela arrive moins souvent depuis qu'elle est venue vivre ici. C'est sans doute parce qu'elle se sent en sécurité. Je suis là tout le temps, alors qu'elle ne savait jamais quand elle reverrait sa mère.

106

— Pourtant, elle doit beaucoup lui manquer...

— Pas autant que je m'y attendais de prime abord... C'est vrai qu'elle est toujours un peu triste lorsqu'elle vient d'avoir sa mère au téléphone. Mais je ne sais pas si c'est parce que Selina lui manque ou parce qu'elle ne trouve pas les mots justes pour lui parler. Selina n'a jamais été une mère très démonstrative... Alors s'il te plaît, serre Sophie dans tes bras autant que tu le voudras !

Ils durent se dépêcher de faire les courses parce que Sophie avait insisté pour rester dans la voiture afin de s'occuper de Jet. Puis ils allèrent chercher Meg et pendant un instant, la Range Rover fut transformée en un véritable pandémonium quand les deux chiennes se trouvèrent face à face. Mais Meg finit par admettre la petite créature.

De retour à Cliff House, Miles et Sophie allèrent promener les deux animaux tandis qu'Elinor préparait le déjeuner. Elle se décida pour des hamburgers et des frites afin de faire plaisir à Sophie.

Mais la petite fille toucha à peine à son assiette.

— Je n'ai pas faim, dit-elle. J'adore les hamburgers mais je me sens bizarre...

Elinor posa la main sur le front de la petite fille et le trouva brûlant.

— Tu as de la fièvre, ma chérie. Tu vas prendre un bon bain, te mettre en pyjama et te reposer un peu sur le canapé, près du feu.

Sophie hocha faiblement la tête.

— D'accord, mais qui va s'occuper de Jet ?

— Meg s'en chargera, la rassura Miles.

De fait, le chien-loup semblait avoir adopté le chiot qui le suivait partout dans la maison.

— Je crois que Jet aime beaucoup Meg, dit Sophie alors qu'Elinor l'emmenait dans sa chambre. Tu crois que Meg l'aime aussi ?

— J'en suis certaine, chérie.

Elle déshabilla la petite fille mais, voyant qu'elle commençait à trembler de tous ses membres, elle décida de lui épargner le bain et lui fit enfiler un pyjama très chaud et une épaisse robe de chambre.

— Je crois que tu ferais bien de te coucher tout de suite.

— D'accord mais reste avec moi, Nell, s'il te plaît... Je me sens si mal, demanda Sophie, les yeux pleins de larmes.

— Bien sûr, mon petit cœur, mais je vais d'abord aller te chercher à boire et prévenir ton papa que tu es couchée.

— Qu'y a-t-il ? demanda Miles lorsque Elinor réapparut dans la cuisine.

Elle lui expliqua rapidement la situation et il monta l'escalier quatre à quatre pendant que la jeune femme préparait du jus d'orange et un verre. Quand elle entra dans la chambre, elle trouva Miles assis sur le lit de sa fille. Il lui caressait les cheveux et essayait de la faire rire en lui racontant comment Jet avait basculé dans la gamelle de Meg en tentant de lui subtiliser une partie de sa nourriture.

Voyant qu'il n'obtenait qu'un pâle sourire, il se tourna vers la jeune femme avec inquiétude. Puis il se leva et l'entraîna dans le couloir.

— Je crois que je ferais bien d'appeler un médecin.

— Oui. C'est dommage que mon père ne soit pas là. Mais tâche de ne pas trop t'inquiéter, les enfants font facilement des poussées de fièvre.

Il déposa un baiser sur le nez de la jeune femme :

— Merci, Nell.

— Pourquoi ?

— Pour être là, simplement.

108

8.

Le médecin appelé au chevet de Sophie diagnostiqua une grippe compliquée d'un début de bronchite. Il prescrivit plusieurs médicaments et prononça les habituelles paroles rassurantes avant de prendre congé.

— Elle a dû attraper cette cochonnerie en même temps que Tom à Ludlow. Si les manœuvres d'Alex ne m'avaient pas obligé à l'envoyer là-bas, elle se porterait comme un charme ! Si je le tenais celui-là, je crois bien que je l'étranglerais, maugréa Miles.

Elinor ne souffla mot, mais ne put s'empêcher d'approuver intérieurement.

Ce fut le début d'une semaine épuisante pour Elinor. Non seulement elle devait soigner la petite fille mais, en plus, il lui fallait sans cesse remonter le moral de Miles que la maladie de sa fille laissait désemparé. Elle devait aussi faire face à des lessives impressionnantes, Sophie ayant tellement de fièvre qu'il fallait lui changer draps et pyjama deux fois par jour.

En plus, le sommeil semblait l'avoir désertée. Chaque fois qu'elle tentait de s'endormir, Sophie qui ne se sentait rassurée qu'en la sachant à ses côtés, l'appelait en pleurant.

— Tu devrais te reposer un peu, Elinor, lui dit enfin Miles en la regardant avec inquiétude. Tu as l'air épuisé.

— De toutes façons, je n'arrive pas à dormir... Il vaut mieux que je reste près d'elle. Ne t'en fais pas pour moi, Miles, je suis plus solide que je n'en ai l'air.

— Je ne sais comment te remercier pour tout ce que tu fais pour nous. Selina ne s'est jamais montrée aussi attentionnée envers Sophie...

Au bout d'une semaine, la petite fille commença à se rétablir lentement. Elle était toujours très faible mais les accès de fièvre diminuaient d'intensité. Sophie dormait profondément et Elinor s'était assoupie sur une chaise près de son lit lorsque les aboiements des chiens la tirèrent de son sommeil.

Elle entendit un coup de sonnette et un nouvel aboiement. Sophie se réveilla.

— Je n'en aurai pas pour longtemps, chérie, dit Elinor en lui caressant le front. Je reviens tout de suite.

Elle descendit péniblement et alla ouvrir la porte. Sur le seuil se tenait une superbe jeune femme dont les magnifiques cheveux châtains brillaient dans la lumière. Elle reconnut aussitôt Selina.

— Le major Carew, je vous prie? demanda cette dernière, en pénétrant dans le hall, dans un froissement de soie et de cachemire.

— Il est sorti faire des courses, répondit Elinor, gênée de n'être ni coiffée ni maquillée, et affreusement consciente de sa mise négligée.

— Vous êtes son aide-ménagère? demanda Selina en la détaillant de la tête aux pieds.

— Non, je suis Elinor Gibson. J'habite à côté d'ici...

— Mon Dieu! C'est vous le garçon manqué qui étiez toujours fourrée avec Harry et Mark?

Le regard que lui lança Selina signifiait assez clairement que son apparence ne s'était pas arrangée depuis cette époque.

— Oui, c'est moi, répondit Elinor avec un regard de défi. Votre fille est malade et je suis venue pour donner un coup de main à Miles...

110

— Sophie est malade ? Que voulez-vous dire ?

— Elle a une grippe.

— Est-ce contagieux ?

— Probablement plus maintenant.

— Comment « plus maintenant » ? Combien de temps a-t-elle été malade ?

Elinor le lui expliqua et Selina prit un air renfrogné.

— On aurait pu espérer que Miles prendrait mieux soin d'elle. Où est Mme Hedley ?

Quand elle apprit que Mme Hedley n'était pas de retour, Selina poussa un soupir d'exaspération.

— Où est ma fille ? demanda-t-elle alors. Conduisez-moi à elle tout de suite !

— Elle est dans sa chambre..., répondit tranquillement Elinor.

— Laquelle est-ce ? Je ne suis pas venue ici depuis la naissance de Sophie...

— Suivez-moi, fit Elinor en la précédant dans le grand escalier.

— Bon sang ! J'avais oublié combien cette maison était immense ! Cela doit coûter une fortune à chauffer.

— C'est ici, dit Elinor en désignant la porte de la chambre de Sophie.

Selina entra et se précipita vers sa fille, laissant derrière elle un sillage parfumé :

— Oh ! Mon ange ! Comment vas-tu ?

— Maman ? fit la petite fille en la regardant d'un air incrédule comme si elle pensait que Selina était le produit de quelque délire causé par la fièvre.

— C'est moi, mon ange, dit Selina en s'asseyant au bord du lit. On m'a dit que tu avais la grippe ? Quel manque de chance !

A ce moment, la porte s'ouvrit de nouveau et Miles pénétra à son tour dans la pièce.

— Selina ? s'exclama-t-il, sidéré.

— Miles ! s'écria Selina qui se leva avec grâce pour

venir déposer un baiser sur les lèvres de l'intéressé. Je suis passée vous voir à l'improviste, ajouta-t-elle en lui caressant la joue. Et, à en croire l'état de ma pauvre petite fille, j'ai bien fait...

Elinor essaya de s'éclipser de la chambre mais Miles se dégagea de l'étreinte de Selina et la retint par le bras.

— Ne t'inquiète pas ! Sophie a bénéficié des meilleurs soins possibles. Elinor s'est occupée d'elle. Elle est restée à son chevet pendant toute la semaine sans prendre un instant de repos.

— Ça se voit ! dit Selina d'une voix méprisante. Mais pourquoi n'as-tu pas fait appel à une véritable infirmière ? Tu as pourtant les moyens !

Sophie se mit alors à pleurer. Elinor fit mine de s'approcher de la petite fille mais Selina l'écarta et alla prendre sa fille dans ses bras.

— Allons, ne pleure plus ! Maman est là...

Elinor recula et sortit de la pièce, sans prêter attention à Miles qui essayait de la retenir. Elle dévala l'escalier quatre à quatre et prit son manteau. Elle hésita un instant en voyant le chiot qui gambadait autour d'elle, prêt à l'accompagner.

— Il vaut mieux que tu restes ici avec Meg. Sinon Sophie se fera du souci.

De retour à Cliff Cottage, Elinor se fit couler un bain. Elle entendit le téléphone sonner mais n'eut pas le courage de s'arracher au réconfort de l'eau brûlante pour aller répondre. Elle n'avait même pas la force de pleurer. Après tout, songea-t-elle, Sophie était en sécurité avec sa mère, et Miles ne semblait pas si indifférent aux charmes de Selina qu'il voulait bien le dire. Il lui avait dit lui-même qu'il était tombé éperdument amoureux de la jeune femme autrefois. Et rien ne pouvait jamais tuer vraiment un premier amour...

Finalement, elle sortit de son bain et sécha ses cheveux qu'elle attacha avec un ruban. Elle enfila un pull-over qui appartenait à sa mère et se glissa dans un jean qu'elle portait adolescente. Au moins, songea-t-elle amèrement, les événements de ces derniers jours lui auraient permis de mincir. Tandis qu'elle bouclait sa ceinture, elle vit des phares balayer la route et, se précipitant à la fenêtre, elle reconnut la voiture des Hedley.

Elle se détendit un peu. A présent que les Hedley étaient de retour, elle pouvait rentrer à Cheltenham la conscience tranquille. Ils s'occuperaient de la petite fille, de faire la cuisine et se chargeraient de promener Jet et Meg. Sa présence n'était plus nécessaire à personne...

La jeune femme se rendit compte avec surprise qu'elle avait faim. Elle avait peu mangé ces jours derniers, trop inquiète de Sophie pour penser à elle-même. Elle se fit donc un hot dog et du thé puis alla s'installer devant la télévision. La météo prévoyait le retour du beau temps, et le trafic ferroviaire reviendrait à la normale.

Quand le téléphone sonna, quelques instants plus tard, elle alla décrocher presque à contrecœur, certaine que c'était Miles qui l'appelait.

— Elinor? Pourquoi t'es-tu enfuie comme cela?

— J'avais besoin de prendre un bain... Comment va Sophie?

— Elle a demandé où tu étais. Je lui ai dit que tu passerais la voir ce soir. Les Hedley sont revenus et Mme Hedley prépare un coq au vin. Tu veux venir dîner avec nous?

— Non, merci, répondit Elinor que la simple idée de manger face à Selina rendait malade. Je viens de dîner... Lorsque j'ai vu les Hedley, je me suis dit que tu n'aurais plus besoin de moi pour t'occuper de Sophie...

— Ce n'est pas parce que les Hedley sont de retour que nous n'avons pas besoin de toi ici, Nell.

— Etant donné les circonstances, je crois qu'il vaut mieux que je vous laisse quelque temps. Dis à Sophie que je viendrai la voir quand... quand...

— Quand sa mère sera partie ? suggéra Miles.

— C'est ça. Selina a prévu de rester longtemps ?

— Je ne sais pas, mais je ne peux pas la jeter dehors...

— Bien sûr que non... Ça ne te dérange pas de t'occuper de Jet quelque temps ? J'ai pensé que je ferais peut-être bien de rentrer à Cheltenham pour régler deux ou trois choses.

— Je ferai tout ce que tu veux, promit Miles d'une voix rauque.

— Merci, dit Elinor, avec difficulté. Demande à Sophie de s'en occuper lorsqu'elle ira mieux.

— Selina veut emmener Sophie chez elle deux semaines avant le début des répétitions. Mais je m'occuperai de Jet moi-même.

— Que pense Sophie de la proposition de sa mère ?

— Nous n'en avons pas encore parlé... Elinor, écoute...

— Désolée, Miles, mais quelqu'un sonne... Au revoir, et embrasse Sophie de ma part.

Elinor raccrocha et alla ouvrir, essuyant rageusement les larmes qui avaient coulé le long de ses joues.

L'homme qui se tenait sur le seuil, la main encore à demi levée vers la sonnette, la dévisagea ébahi quand elle ouvrit la porte.

— Elinor ! Par le ciel, qu'est-ce qui t'est arrivé ?

— Oliver ! dit-elle d'une voix faible.

Quelques minutes plus tard, Elinor apporta le café dans le salon où elle avait fait asseoir Oliver et lui donna la permission d'allumer l'un de ses cigares favoris.

— Alors tu ne changeras pas d'avis ? demanda-t-il en la regardant à travers un nuage de fumée bleue.

Elinor lui sourit. Il y avait toujours en lui cette élégance qui l'avait séduite dès leur première rencontre. Il portait un costume croisé de couleur sombre et une cravate de soie assortie à sa chemise couleur crème.

— Non, dit-elle enfin. Mais j'espère que nous pourrons rester amis...

114

— Tu aurais pu m'éviter cette remarque, fit Oliver avec une petite grimace douloureuse.

— Mais je le pense vraiment, protesta la jeune femme.

— Je sais, et c'est bien ce qui fait le plus mal. En fait, je m'attendais depuis quelque temps que tu me congédies de la sorte. Mais ça n'a pas rendu les choses plus faciles pour autant. Je suis désolé d'avoir aussi mal réagi, Elinor. Je crois que je commence à être trop vieux pour ce genre d'émotions... C'est pour cela que je n'aime pas beaucoup voir tes amis : ils me rappellent mon âge et c'est difficile à admettre. Mais cela n'a plus d'importance à présent. Je suis simplement désolé d'avoir voulu t'imposer un style de vie pour lequel tu n'étais pas faite... Mais si je peux faire quelque chose pour toi, je le ferai avec plaisir.

— Pourrais-tu me ramener à Cheltenham ce soir?

— Tu es fatiguée de ta retraite champêtre? demanda Oliver avec un haussement de sourcils.

— En quelque sorte...

— Bien, je te ramènerai... C'est vrai que tu as l'air épuisé. Je sais bien que tu t'es occupée de l'enfant de ton ami, mais je suis surpris de voir à quel point ça t'a éprouvée!

Elinor raconta à Oliver l'étrange siège dont Miles et elle avaient été victimes. En entendant ce récit, il se défit de son habituelle impassibilité :

— Bon sang! Et Carew l'a laissé repartir sans autre forme de procès?

— Oui... Ils étaient dans le même régiment et Miles a compris le désarroi de son ancien compagnon. Il s'est même senti désolé pour lui.

— Il aurait plutôt dû le traîner en justice! Mon Dieu! Je comprends à présent pourquoi tu as une mine aussi épouvantable!

— Je serai bientôt en pleine forme, le rassura Elinor. Assez pour revenir travailler, si tu acceptes, bien sûr...

— Évidemment, j'en serai ravi! Mais je pensais que tu avais un autre emploi en vue?

— J'ai changé d'avis, murmura la jeune femme en baissant les yeux.

— Cela signifie-t-il, demanda-t-il pensivement, que, d'ici quelque temps, tu pourrais... revenir vivre avec moi ?

— Non, Oliver, dit-elle en lui souriant gentiment. Je crois qu'il est trop tard pour cela à présent...

— Je ne crois pas que je puisse être d'accord avec ça, protesta-t-il avant de jeter un coup d'œil à sa montre. Bon, je te laisse faire ton sac... Je t'attends ici.

Elinor monta dans sa chambre et se prépara rapidement, la plupart de ses affaires étant restées à Cliff House. Elle appela Linda pour lui faire part de ses dernières décisions mais, au moment d'appeler Miles, elle changea d'avis. Elle ne pouvait partir sans dire au revoir à Sophie de vive voix...

Elle soupira et redescendit.

— Oliver, je crois qu'il va m'être difficile de partir ce soir, finalement. Si tu veux bien emporter mes affaires, je te rejoindrai demain par le train.

— Bien sûr. Mais puis-je te demander pourquoi tu changes tes projets ?

— Il faut que je dise au revoir à une petite fille malade. Je ne peux pas me contenter de lui laisser un message. Les enfants se sentent facilement blessés dans ce genre de situations...

— Il n'y a pas que les enfants, soupira Oliver. Je suppose que cette enfant est la fille du major Carew ? ajouta-t-il.

— Oui. Je l'ai soignée toute la semaine. Sa mère est revenue à présent et Miles n'a plus besoin de moi. Mais je ne peux pas la quitter sans lui dire au revoir...

Lorsque Oliver fut reparti, Elinor réfléchit longuement à ce qui s'était passé durant ces dernières semaines. Elle avait retrouvé Miles, son premier amour. Un amour qu'elle avait nourri de ses rêves d'adolescente : Miles le militaire, Miles

116

l'adulte, qui s'était marié avec une femme ravissante, Miles le héros qui était parti se battre pour son pays...

Elle avait réussi à l'oublier, mais le destin les avait remis en présence et cela lui avait été trop cruel. A la jalousie qu'elle éprouvait à l'égard de Selina, elle comprit l'amour profond, irrévocable, qu'elle portait à Miles.

Elle se traita de folle et se répéta qu'elle aurait dû partir avec Oliver. Car, si elle voulait être tout à fait honnête avec elle-même, ce n'était pas seulement la pensée de décevoir une petite fille qui l'avait poussée à rester ce soir, c'était surtout l'incapacité de résister au désir de revoir Miles une dernière fois. Miles qui devait être en train de passer une délicieuse soirée en compagnie de Selina... La simple idée de les savoir ensemble lui déchirait le cœur.

Soudain, des coups frappés à la porte de la cuisine accélérèrent la course du sang dans ses veines. Elle avait reconnu le code dont elle était convenue avec Miles.

— Elinor? cria-t-il. Ouvre! C'est moi!

La jeune femme fut tentée de faire semblant de ne pas avoir entendu et de le laisser dehors. Mais la raison, mêlée à d'autres émotions, la poussa à aller ouvrir.

A l'extérieur, Miles, vêtu de sa vieille parka habituelle, tenait Jet et Meg en laisse. Elle le regarda longuement.

— Nous pouvons entrer? demanda-t-il enfin.

Elinor s'écarta sans dire un mot et Miles lui tendit les laisses pour ôter ses bottes couvertes de neige. Elle caressa les deux chiennes avec enthousiasme pour masquer le trouble qui l'avait envahie. Quelque chose dans l'attitude de Miles lui disait qu'il n'était pas seulement venu la saluer au passage.

— Je voudrais te parler, dit-il comme pour confirmer l'intuition de la jeune femme.

Il la suivit dans le salon, laissant les chiens dans la cuisine dont il ferma la porte derrière lui.

Elinor s'assit sur le canapé alors que Miles restait debout, apparemment très agité.

— Pendant que je promenais les chiens, j'ai vu une voiture sortir de chez toi... Qui était-ce ?

— Pourquoi veux-tu le savoir ? lui demanda Elinor d'une voix glaciale. Tu n'es pas le seul à pouvoir recevoir des visites...

— Ce n'est pas moi qui ai demandé à Selina de venir...

— Et ce n'est pas moi qui ai demandé à Oliver de venir non plus.

— Je m'en doutais. Lorsque j'ai vu qu'il s'agissait d'une Mercedes, je me suis douté que c'était ton ex-fiancé. A moins que ce ne soit ton fiancé tout court...

— Je pourrais te poser la même question au sujet de Selina ! dit Elinor qui regretta aussitôt ces mots. Comment va Sophie ?

— Elle n'a pas compris pourquoi tu étais partie. Elle était en larmes et il a fallu que Mme Hedley et moi nous y mettions à deux pour la convaincre de rester au lit.

— Je pensais qu'une fois que sa mère serait là, elle n'aurait plus besoin de moi...

— Vraiment, Elinor ? Sois franche. Est-ce que tu n'es pas plutôt partie parce que mon ex-femme avait été d'une particulière goujaterie à ton égard ?

— Assieds-toi, Miles ! répondit-elle, irritée. Je ne peux pas te parler en ayant besoin de lever sans cesse la tête !

Il s'assit sur le bord du canapé.

— Sophie n'arrêtait pas de te réclamer, alors je suis venu te chercher. Mais quand j'ai vu la voiture, je suis reparti et je lui ai dit que tu avais des invités et que tu ne pourrais venir que demain. Je suis ici maintenant pour savoir si cela te convient. En fait, je n'étais même pas sûr que tu serais encore là, et, si c'était le cas, que tu y serais seule...

118

Le silence dans la pièce était presque tangible. Elinor le rompit la première.

— J'avais l'intention de rentrer à Cheltenham avec Oliver, ce soir. Mais je ne pouvais pas partir sans dire au revoir à Sophie. Je viendrai la voir demain matin.

— Et après, tu retourneras vers Oliver ?

— Oui.

— Je vois..., dit Miles d'un air sombre.

— Simplement pour travailler dans sa société, rien de plus, expliqua la jeune femme avec la désagréable impression d'être en train de se justifier.

— Je croyais que tu devais travailler avec moi...

— Après ce qui s'est passé aujourd'hui, j'ai pensé que ce n'était pas souhaitable.

— Pourquoi cela ?

— Ecoute, Miles. La situation surréaliste dans laquelle nous a placés ton ami Alex a créé des liens entre nous. Et ils ont été renforcés pendant la maladie de Sophie. Mais tu éprouves toujours de l'amour, ou peut-être juste du désir pour Selina. Je le comprends : elle est magnifique. Mais je ne peux pas le supporter, alors je préfère partir avant de me sentir trop engagée. Cela ne veut pas dire que j'abandonne Sophie. Je te promets que je viendrai lui rendre visite régulièrement et que je lui expliquerai...

— Tant mieux ! s'exclama Miles avec humeur.

Comme cela elle pourra m'expliquer à moi aussi ! Parce que je ne comprends rien à tout cela, Elinor, ajouta-t-il en prenant les mains de la jeune femme entre les siennes. Quant à mon soi-disant désir pour Selina, tu es complètement dans l'erreur.

— Dans l'erreur ? J'ai vu comment tu as réagi quand elle est venue t'embrasser tout à l'heure ! Et on ne peut pas dire que tu l'aies repoussée, Miles ! Tu m'as dit toi-même que Selina était la seule femme dont tu sois tombé amoureux. Et je suis certaine que tu l'aimes encore.

Miles resta longuement silencieux, la regardant avec une insistance qui finit par la mettre profondément mal à l'aise.

— Je me demande, dit-il enfin d'une voix douce, ce que je peux faire pour te convaincre que tu as tort...

Et, soudain, avec la vivacité d'un félin, il la prit dans ses bras. Elle essaya de se débattre pour lui échapper mais il resserra fermement son étreinte. Lorsqu'elle tenta de protester, il étouffa ses paroles d'un baiser dont la violence fit naître chez la jeune femme un mélange de peur et de désir.

Il se leva, totalement imperméable aux efforts désespérés que faisait Elinor pour se dégager, et la porta en haut de l'escalier avec une aisance effrayante. Parvenu devant la porte de sa chambre, il l'ouvrit d'un coup de pied et allongea la jeune femme sur le lit. Elle essaya de nouveau de s'enfuir mais il ne lui en laissa pas le temps et s'allongea sur elle, lui tenant les poignets d'une main de fer au-dessus de sa tête.

— Tu avais raison lorsque tu parlais de désir, admit-il d'une voix douce et rauque. Mais tu te trompais sur son objet ! J'aurais voulu attendre plus longtemps, mais je ne peux plus...

— Arrête ! s'exclama Elinor en se débattant. Je t'en prie ! Tu vas le regretter...

— Non, affirma Miles contre ses lèvres. Toi, peut-être, mais moi, je ne le regretterai jamais.

Elinor tenta de se défendre mais il était plus fort qu'elle et entraîné à bien d'autres corps à corps qu'une simple lutte contre une jeune femme en colère. Il ne lui laissa aucune chance et, lorqu'ils furent nus l'un contre l'autre, Miles prit immédiatement possession de son corps alors que des larmes de rage et d'humiliation coulaient sur les joues de la jeune femme.

Mais le mélange de férocité et d'habileté diabolique avec lesquelles il lui faisait l'amour ne tarda pas à éveiller en elle des sensations irrépressibles. La jouissance qui l'envahit était si criante qu'elle ferma les yeux pour ne pas affronter le regard de triomphe de Miles. Une dernière vague de pur plaisir la submergea avant qu'il ne retombe à son côté.

Elinor resta allongée sur le dos, un bras replié sur ses yeux, sentant les frémissements de bien-être mourir lentement sur sa peau. Elle aurait voulu que Miles parte, mais il restait allongé auprès d'elle, une jambe posée en travers des siennes.

— Va-t'en, dit-elle d'une voix aussi inexpressive que possible lorsqu'elle eut retrouvé son souffle.

— Non.

Elinor retira son bras et le regarda, lisant dans ses yeux une satisfaction qui lui perça le cœur.

— Tu es convaincue ? demanda-t-il.

— De quoi ? rétorqua-t-elle avec dédain. Du fait que tu es plus grand et plus fort que moi ? Que tu peux me soumettre à ta guise ?

— Tu crois vraiment que c'est tout ce qui s'est passé entre nous ?

— Non, dit enfin Elinor. Et tu le sais très bien...

— Et alors ? Tu voudrais que je m'excuse ?

— Qu'est-ce que cela changerait ? Le mal est fait.

Il prit une boucle de ses cheveux entre ses doigts mais elle le repoussa.

— Le seul mal qui ait été fait, c'est à ta fierté, Nell !

— Ma fierté ? s'exclama-t-elle.

— Oui. Je t'ai convaincue de ce que je voulais vraiment et de l'intensité avec laquelle je le voulais. Ce n'était pas un viol et tu en as tiré autant de plaisir que moi. Je l'ai lu dans tes yeux.

Elinor ne put s'empêcher de songer amèrement qu'il était plus difficile de simuler l'absence de plaisir que le plaisir.

— Tu devrais rentrer t'occuper de Sophie, dit-elle en essayant de se lever.

Mais Miles la retint, posant un bras en travers de son corps.

— Mme Hedley s'occupe de Sophie pendant que je ne suis pas là.

— Pourquoi pas Selina ?

— Parce qu'elle est partie, Elinor.

— Partie ? Déjà ?

— Lloyd Forbes l'a ramenée à Chepstow après un dîner mouvementé.

— Le nouveau mari de Selina ? Quand est-il arrivé ?

— C'est lui qui a amené Selina ici. Il l'a laissée à la maison puis il est allé réserver un hôtel avant de venir se joindre à nous pour le dîner.

— Tous les trois ? Quelle exquise civilité ! railla Elinor.

— En fait, ça a été un désastre total. Je devais monter m'occuper de Sophie toutes les cinq minutes. Lloyd s'impatientait de plus en plus et, finalement, ils sont repartis sans même prendre le café. Ils resteront à Chepstow un jour ou deux pour organiser les détails des vacances de Sophie.

— Qu'en pense-t-elle ?

— Pour l'instant, pauvre trésor, elle est plutôt bouleversée. Elle a adoré l'idée de voir sa mère arriver comme un ange venu du ciel, mais je me demande combien de temps Selina pourra continuer à jouer ce rôle... J'espère que cela durera au moins le temps des vacances de Sophie. En fait, Sophie m'a même demandé si tu ne pouvais pas venir avec elle...

Elinor frémit à cette idée.

— Va-t'en maintenant, dit-elle à Miles. J'ai froid et j'aimerais m'habiller.

Pour toute réponse, Miles tira sur eux la couverture pliée au pied du lit et serra tendrement la jeune femme contre lui.

— Pas encore. Sophie est endormie et j'ai dit à Tom de m'appeler en cas de problème. Alors je peux te garder encore quelque temps entre mes bras...

— Franchement, Miles, tu as de l'audace, après...

— Après quoi ? Après t'avoir fait l'amour ?

— Tu l'as fait pour me punir, pas parce que tu le voulais vraiment...

— Bien sûr que si. Je l'ai voulu depuis le premier jour, même, si tu veux que je sois précis.

Il l'attira et l'embrassa longuement.

— Et maintenant, je le veux encore. Et, cette fois, je vais te faire l'amour très lentement, jusqu'à ce que tu demandes grâce.

Elinor fit mine de vouloir s'échapper, plus par fierté que parce qu'elle le souhaitait vraiment, mais il la retint et continua de l'embrasser passionnément. Il prit tout le temps de calmer ses craintes et de faire naître en elle le désir, la caressant lentement, l'embrassant avec une infinie douceur. Elle fut bientôt sans défense, abandonnée entre ses bras.

Lorsque la dernière vague de leur plaisir eut reflué, ils s'endormirent aussitôt, sans un mot, serrés dans les bras l'un de l'autre.

Elinor fut éveillée par un bruit de voix. Elle cligna des yeux, émergeant difficilement d'un profond sommeil, pour découvrir avec une stupeur horrifiée ses parents qui la regardaient d'un air sidéré.

— Maman... papa..., bredouilla-t-elle d'une voix tremblante, en tentant de s'extirper des bras de l'homme étendu à son côté.

Miles s'assit dans le lit, ébouriffé, mais apparemment parfaitement à l'aise.

— Miles ? s'exclama Mary Gibson. Mais où est Oliver ? ajouta-t-elle comme si elle s'attendait à le voir surgir à son tour de sous les draps.

— Elinor a rompu ses fiançailles, expliqua Miles en se tournant, tout sourires, vers Elinor qui se tenait immobile, les joues écarlates et la couverture relevée jusqu'au menton.

— C'est préférable, en l'occurrence, remarqua avec ironie Henry Gibson. Viens, Mary ! Laissons-les s'habiller.

Ils sortirent, refermant la porte derrière eux.

— Quel jour sommes-nous ? demanda Elinor, prise d'une agitation frénétique.

— Le 4 mars, répondit Miles en se levant tranquillement pour s'habiller.

— Ils ne devaient revenir que la semaine prochaine ! s'exclama la jeune femme. Bon sang ! Les chiens ! Nous les avions oubliés ! J'espère que Jet n'a pas sali toutes la cuisine.

— Calme-toi, la rassura Miles. Je vais descendre, tout expliquer, et présenter toutes les excuses nécessaires.

— Pas question ! déclara Elinor farouchement en ramassant ses vêtements que Miles avait fait voler aux quatre coins de la pièce. Je suis adulte et mes parents n'ont pas à considérer comme une affaire d'Etat le fait de trouver un homme dans ma chambre ! J'aurais simplement souhaité que ce ne soit pas toi !

— Pourquoi ? Ils auraient préféré Oliver ?

— Bien sûr ! Je te rappelle que j'étais censée l'épouser !

124

— Je vais quand même descendre le premier. Tout cela est arrivé à cause de moi.

Malgré les protestations d'Elinor, il descendit dans la cuisine où Mary Gibson épongeait les traces laissées par Jet.

— Henry a emmené les chiens se promener. Ton nouveau chiot est très mignon, Miles.

Elle lui servit une tasse de café, paraissant avoir complètement oublié l'épisode de la chambre à coucher, et lui expliqua la raison de leur retour prématuré. Sa sœur avait gagné un voyage pour deux à Hawaii lors d'un gala de charité. Elle était donc partie avec son mari, les laissant seuls, Henry et elle.

Le Dr Gibson revint alors dans la cuisine avec les deux chiens.

— Bon sang ! Il fait un froid de canard par ici ! Dites donc, Miles, je vous rappelle que lorsque je vous ai vendu ma maison, ma fille ne faisait pas partie du lot !

— Papa ! protesta Elinor qui venait d'entrer à son tour.

— Ton père a droit à une explication, dit Miles d'une voix calme.

— Pas vraiment, Miles, objecta Henry Gibson en secouant la tête. Elinor est adulte. Elle est libre d'inviter qui elle veut dans son lit.

— Justement, monsieur... Elle ne m'a pas précisément invité, rectifia Miles. Je l'ai forcée.

— C'est vrai, Elinor ? demanda sa mère, surprise.

— Euh... Oui, en quelque sorte...

— Alors, dans ce cas, j'exige une explication, dit Henry Gibson en se tournant vers Miles.

C'est alors que le téléphone sonna. La mère d'Elinor décrocha puis tendit le combiné à Miles.

— C'est Tom Hedley. Il veut vous parler.

Miles écouta un moment puis répondit simplement :

— Très bien, Tom. Dis-lui que j'arrive tout de suite.

Il raccrocha.

— Sophie pleure et me réclame, annonça-t-il en enfilant sa parka.

— Elle veut que je vienne aussi ? demanda la jeune femme.

— Je lui expliquerai que tes parents sont revenus et que tu passeras la voir plus tard dans la matinée. Je suis obligé de remettre mes explications à plus tard, dit Miles aux parents d'Elinor. Mais je veux que vous sachiez que j'ai l'intention d'épouser Nell. J'espère que je pourrai compter sur votre soutien.

M. et Mme Gibson se regardèrent avec stupeur tandis qu'Elinor entraînait Miles dehors.

— Qu'est-ce qui t'a pris de dire une chose pareille ? s'exclama-t-elle, furieuse. Tout était bien assez compliqué comme cela !

— C'est la pure vérité, Elinor ! J'aurais préféré pouvoir te laisser le temps de te faire à cette idée, mais tes parents ont précipité les choses...

— Ce n'est pas parce que mes parents nous ont surpris que tu dois forcément m'épouser ! s'écria la jeune femme. Tu te trompes de siècle !

— Nous en reparlerons, promit Miles. Je dois y aller.

Tenant les laisses des chiens dans une main, il attira Elinor de l'autre et l'embrassa longuement avant de la laisser aller.

— Passe dans la matinée !

126

10.

Pour la première fois de sa vie, Elinor se sentait embarrassée à l'idée d'avoir une conversation avec ses parents.

— J'ai fait du thé, dit sa mère. Ton père est monté poser les bagages. Pendant que nous avons un moment, dis-moi la vérité : tu comptes vraiment épouser Miles Carew ?

— Certainement pas, répondit Elinor. Il n'avait pas le droit de dire une chose pareille...

— A vous voir dormir ensemble, on aurait pu penser le contraire, confia Mary en prenant sa fille dans ses bras. Mais cela n'a pas d'importance... Si tu savais comme j'étais inquiète. Nous avons essayé de te joindre pendant des jours. J'ai appelé à ton appartement mais je suis tombée sur le petit ami de Linda. Tout ce qu'il a réussi à me dire c'est que tu étais partie. J'ai contacté Oliver et j'ai appris que tu étais ici, mais je n'ai jamais réussi à te joindre. Jusqu'à ce matin où nous t'avons trouvée avec Miles. Tu n'imagines pas notre surprise...

— Je n'en reviens pas moi-même, commenta Elinor en secouant la tête. Désolée de vous causer tant de soucis, dit-elle avec un sourire d'excuse à son père qui entrait, un verre de whisky à la main.

— Maintenant que je me suis remis de mes émotions, ironisa ce dernier avec un clin d'œil, je crois que je trouve la situation plutôt amusante...

Ils allèrent s'asseoir dans le salon et Elinor commença à

leur raconter tout ce qui s'était passé depuis le soir de sa rupture avec Oliver. Ses parents l'écoutèrent en silence, de plus en plus stupéfaits. Lorsqu'elle eut fini le récit de toutes ses aventures, son père hocha la tête.

— Je comprends que le siège de la maison et la maladie de Sophie vous aient rapprochés. Mais tu ne paraissais pas vraiment désireuse de l'épouser tout à l'heure...

— C'est vrai.

— Pourquoi ? Tu ne l'aimes pas ?

— Je crois que c'est lui qui ne m'aime pas vraiment...

— Pourquoi voudrait-il t'épouser, alors ?

— Pour que Sophie ait une mère, je pense.

— Et toi ? Tu aimes Miles ? demanda sa mère.

— Oh, oui ! Ce n'est pas nouveau d'ailleurs. Mais le fait de le revoir a... comment dire... réveillé mes sentiments à son égard.

— Moi, je trouve que Miles serait mieux assorti avec toi qu'Oliver, dit son père après un long silence. Il est plus vivant, plus passionné...

— Si tu veux dire qu'il est moins réfléchi, je suis d'accord avec toi ! Je ne veux pas qu'il m'épouse parce qu'il s'y sent obligé...

— Je ne pense vraiment pas que ce soit le cas. Au fait, tu sais que nous lui avons vendu la maison ?

— Oui. Il me l'a dit et ça m'a fait un sacré choc... Mais je suis heureuse que Sophie vienne vivre ici.

— Si tu l'épouses, fit valoir sa mère, tu pourras vivre ici aussi...

— Mais je ne compte pas l'épouser. Je vais rentrer à Cheltenham. Après tout, c'est le meilleur moment puisque Sophie part en vacances avec sa mère. Je ne lui donnerai pas l'impression de l'abandonner.

Ne pouvant se résoudre à partir sans dire au revoir à Sophie, Elinor se rendit à Cliff House pour une dernière visite. D'une certaine manière, la chance était avec elle ce matin-là puisque à son arrivée Mme Hedley lui expliqua que Miles travaillait dans son bureau avec l'architecte sur les plans du futur gymnase.

— Vous voulez que j'aille le chercher ?

— Non, merci, madame Hedley, ce n'est pas la peine de le déranger. C'est Sophie que je venais voir de toutes façons. Comment va-t-elle ?

— Elle a un peu de fièvre mais elle va beaucoup mieux. M. Miles lui a fait promettre de rester au lit jusqu'à ce que sa mère vienne la chercher dans la matinée.

— Ces vacances lui feront le plus grand bien. Puis-je monter la voir ?

— Bien sûr ! Et lorsque vous redescendrez, passez donc à l'office, j'ai lavé et repassé vos vêtements.

Elinor remercia la vieille dame et monta dans la chambre de Sophie. Le visage de la petite fille s'illumina lorsqu'elle vit apparaître sa nouvelle amie.

— Nell ! s'exclama-t-elle en se jetant dans ses bras.

— Bonjour, Sophie ! Comment vas-tu aujourd'hui ?

— Mieux, dit la petite fille en laissant Elinor la recoucher et la border. Dis, est-ce que Jet va bien ?

— Oui, elle joue dans le jardin avec Meg et Tom. Tu ferais bien de te rétablir vite si tu veux pouvoir les rejoindre !

Le visage de la petite fille se renfrogna.

— Je ne pourrai pas, répondit-elle tristement. Je suis obligée de partir en vacances avec maman aux Canaries.

— Comme tu as de la chance, c'est un endroit magnifique ! s'exclama la jeune femme. Je suis sûre que tu l'adoreras. Il y a beaucoup de soleil et tu reviendras toute bronzée et en pleine forme.

— Tu ne veux pas venir, toi aussi ? demanda Sophie d'une voix suppliante.

— Tu auras ta maman pour s'occuper de toi, ma chérie. Mais en revanche, tu pourras m'envoyer une carte postale...

Elinor resta une demi-heure avec la petite fille puis redescendit, désespérée de devoir la quitter.

— Je dois y aller, madame Hedley, annonça-t-elle à la vieille gouvernante. Je rentre à Cheltenham...

— Je croyais que vous deviez aider M. Miles pour son nouveau projet ?

— Mon patron m'a convaincue de continuer à travailler avec lui, mentit Elinor, rouge de confusion.

— J'en suis désolée, dit Mme Hedley en tendant à la jeune femme un paquet de linge impeccablement plié. Sophie le sait ?

La jeune femme secoua misérablement la tête en signe de dénégation.

— Et s'il vous plaît, madame Hedley, ne le lui dites pas. Quand elle reviendra, elle aura eu le temps de se changer les idées et de recouvrer la santé. Elle sera alors mieux à même de comprendre pourquoi j'ai dû partir.

— J'aimerais comprendre moi-même, soupira la vieille dame. Je vous connais depuis que vous êtes enfant, Elinor, alors vous ne vous offusquerez pas si je vous dis que M. Miles va être très déçu que vous partiez comme cela. Vous êtes sûre que vous ne voulez pas que j'aille le chercher ?

— Non, s'il vous plaît. Mes parents sont rentrés ce matin, et je dois retourner chez moi. Au revoir, madame Hedley.

Elinor remontait l'allée de Cliff House lorsqu'une voiture de sport rouge s'y engagea. Elle s'arrêta à sa hauteur et Selina pencha son visage lumineux par la vitre ouverte.

— Bonjour ! Vous avez l'air bien pressée, dit-elle avec un sourire aussi radieux que factice.

— Bonjour, madame Forbes, répondit Elinor.

Le sourire de Selina se fit glacial.

— Ainsi Miles vous a dit que j'étais mariée ? Mais ne vous laissez pas tromper, ma petite. Mon mariage n'entrave en rien mes relations avec Miles...

— Ce n'est pas mon affaire, madame Forbes.

— Je suis heureuse que vous en conveniez vous-même. Mais souvenez-vous que, quoi qu'il arrive, Sophie est et restera ma fille. De plus, ajouta-t-elle sur le ton de la confidence, je suis sûre que vous avez remarqué que Miles éprouve toujours quelque chose pour moi... S'il se remariait, ce dont je doute, ce ne serait que pour Sophie.

Sur ce, la jeune femme remonta la vitre et accéléra pour aller se garer devant la maison. Elinor, pâle comme un linge, se força à remonter lentement le long de l'allée. Deux heures plus tard, elle était de retour à Cheltenham, dans les bureaux de Renfrew et Maynard et annonçait à Oliver qu'elle était prête à reprendre le travail.

Quand elle rentra à son appartement ce soir-là, ayant décliné l'invitation à dîner d'Oliver, Elinor fut soulagée de constater que Linda était sortie. Une note de bienvenue était épinglée sur le réfrigérateur, disant qu'elle y trouverait de quoi manger si elle avait faim et qu'un certain Miles Carew avait appelé et demandait qu'elle le rappelle.

Elinor froissa le papier et le mit à la poubelle puis elle prépara un dîner léger qu'elle picora sans enthousiasme. Elle s'installa ensuite dans un fauteuil pour continuer la lecture du livre qu'elle avait commencé des siècles auparavant, à Cliff Cottage. Mais elle ne parvenait pas à se concentrer, attendant inconsciemment un coup de téléphone de Miles. Voyant qu'il n'appelait pas, elle composa le numéro de Cliff House et ce fut Mme Hedley qui lui répondit. Elle lui expliqua que Miles dînait en ville avec Selina et son mari.

Elinor demanda des nouvelles de Sophie.

— Elle va bien, mais elle n'est pas ravie de partir aux Canaries avec sa mère... Elle croyait que M. Miles venait aussi, voyez-vous. Elle a été très déçue d'apprendre que ce n'était pas le cas. A propos, votre mère est venue pour l'examiner. Elle a dit qu'elle était suffisamment rétablie pour voyager et elle est restée pour jouer avec elle une partie de l'après-midi.

— Je crois que ma mère adore Sophie...

— Oui, et Sophie l'aime beaucoup. Tout comme elle vous aime aussi...

— Oui, dit Elinor évasivement. Dites à Miles que j'ai appelé. Ce n'est pas la peine qu'il me rappelle. Je commence tôt demain matin et je vais aller directement me coucher.

C'est ce qu'elle fit mais elle mit longtemps à s'endormir, guettant un coup de téléphone qui ne vint pas. Finalement, elle sombra dans un sommeil troublé, peuplé de cauchemars.

Le lendemain, elle passa une journée épuisante à rattraper le travail en retard qui s'était accumulé pendant son absence, ce qui ne lui laissa pas l'occasion de songer à ses problèmes personnels. Puis elle rentra chez elle pour trouver Linda pressée de lui parler de ses derniers démêlés sentimentaux. Le téléphone sonna au milieu d'une tirade passionnée et Linda répondit avant de tendre le combiné à Elinor.

— Tiens, c'est pour toi. Je me sauve, je vais être en retard.

Elinor lui fit un petit signe d'adieu et prit une profonde inspiration avant d'émettre un tranquille : « Allô ».

— C'est Miles, dit une voix sèche. Elinor, à quoi joues-tu donc?

— Je ne joue pas. Je suis juste revenue travailler comme je te l'avais dit.

— Après ce qui s'est passé entre nous, j'estime que j'ai droit à une explication !

— Pourquoi?

— Pourquoi? répéta Miles d'une voix furieuse. Es-tu

incapable de t'imaginer dans quel état je me suis senti lorsque Mme Hedley m'a appris que tu étais partie ? Je suis allé voir tes parents, mais tout ce qu'ils ont pu me dire c'est que tu avais décidé de retourner travailler... Quant à ma demande en mariage, ils n'en ont même pas parlé !

— Quelle demande en mariage, Miles ?

— Tu le sais très bien !

— Tu ne l'as même pas faite à moi ! rétorqua la jeune femme hors d'elle.

— Je n'en ai pas eu le temps, lui rappela-t-il. Tu es partie avant que j'aie pu te demander quoi que ce soit !

— Je suis venue te voir mais tu étais trop occupé et je n'ai pas voulu te déranger. J'ai vu Sophie en revanche...

— Je sais. Elle me l'a dit.

— Et Selina.

— Qui ne m'en a rien dit...

— Il n'y avait pas grand-chose à dire...

— J'ai l'impression que tu me caches quelque chose. A-t-elle encore dit quelque chose qui t'a fait fuir ? Tu t'enfuis toujours quand les choses deviennent difficiles, Elinor ?

— Non, objecta la jeune femme. Mais il m'a semblé que c'était le moment où jamais. Sophie allait partir en vacances avec sa mère. Au fait, elle est partie ?

— Oui. J'espère que Selina s'occupera bien d'elle.

— Sûrement, elles ne partent pas longtemps...

— C'est ce que je me répète, mais il peut se passer tant de choses en deux semaines... Et pour en revenir à ce que je te disais, tu savais parfaitement que je voulais t'épouser ! Mais peut-être qu'après avoir testé mes capacités comme amant, tu m'as quitté comme tu avais quitté Oliver !

— C'est pour être rassuré sur tes talents d'amant que tu appelles ? demanda Elinor en serrant les dents.

— Tu sais très bien que non ! Je voulais venir te chercher moi-même ce soir, mais j'ai attrapé un sale rhume. En plus, ta mère m'a conseillé de te laisser du temps pour réfléchir. Mais je n'ai pas changé d'avis pour autant ! Bon sang, Elinor, ce n'est pas comme si nous nous étions rencontrés pour la première fois il y a deux semaines ! Nous nous connaissons depuis que tu es née ! Ecoute-moi : je ne voulais pas te demander cela au téléphone, mais compte tenu des circonstances je n'ai guère d'autre choix, veux-tu m'épouser ?

— Non, Miles, répondit Elinor, ignorant la voix intérieure qui lui criait de répondre oui.

— Puis-je savoir pourquoi ? demanda Miles après un long silence.

— Parce que tu me demandes en mariage pour de mauvaises raisons. Tu veux simplement une nouvelle mère pour Sophie, et je suis parfaitement taillée pour le rôle : je l'adore, je veux bien t'aider à ton projet, je suis d'accord pour vivre à Stavely, nous nous entendons bien, et, pour couronner le tout, maintenant que nous avons essayé, nous nous accordons parfaitement au lit... Qui pourrait convenir aussi bien ?

— Tu es en colère, conclut-il.

— C'est tellement pratique, dit la jeune femme éclatant en sanglots. Je n'ai même pas à changer de maison !

— Elinor, s'il te plaît, ne pleure pas ! Je n'aurais jamais dû te proposer cela de cette façon. J'aurais tant voulu te prendre dans mes bras...

— Cela n'aurait pas marché, dit Elinor en essayant de refouler ses larmes. Je ne me marierai jamais parce que c'est un arrangement pratique pour tout le monde ! Toi qui me connais si bien, tu aurais dû le savoir !

— C'est à cause de Selina, n'est-ce pas ? Elle t'a dit quelque chose au sujet de notre mariage ?

— Elle n'a rien dit.

— Ecoute, Elinor, tes parents ne sont pas contre ce mariage. En fait, ils m'ont même donné leur bénédiction. Mais cela ne servira à rien si tu persistes à t'y opposer. Je suppose qu'il n'est pas utile de te rappeler non plus combien Sophie serait enchantée à cette idée !

— Miles, déclara Elinor d'une voix glaciale. J'adore Sophie et je ferai tout pour éviter qu'elle ne se sente blessée, mais je ne me marierai pas pour elle. Elle a déjà une mère : Selina s'est chargée de me le rappeler hier matin !

— J'aurais dû m'en douter, dit Miles rageusement. Mais ce n'est pas seulement pour Sophie, Nell !

— Très bien, alors dis-moi exactement pourquoi tu veux m'épouser !

— C'est une sorte de test ? Je suis censé répondre quelque chose de particulier ? demanda Miles amèrement.

Elinor ne dit rien et Miles soupira.

— Très bien. Je t'ai déjà dit que j'étais tombé amoureux une fois et que je ne voulais pas recommencer. Jusqu'à ce jour, ma carrière et ma fille ont occupé toutes mes pensées. J'ai même abandonné l'armée pour me consacrer à Sophie. Et puis tu as débarqué dans ma vie cette nuit-là et tu m'as montré tout ce qui me manquait. Pas seulement le sexe, mais le fait de vivre avec quelqu'un. C'était la première fois que je sentais une telle complicité entre une femme et moi. J'ai presque été heureux de cette stupide poursuite qui te forçait à rester auprès de moi... Nous étions si bien ensemble. Ensuite, j'ai eu besoin de plus. Je ne pouvais m'empêcher d'être émerveillé par ce que tu étais devenue, Elinor Gibson : une jeune femme délicieuse vers qui je me sentais attiré irrésistiblement. Lorsque j'ai cru que tu étais tombée de la falaise, j'ai découvert à quel point je tenais à toi. Puis Sophie est revenue et elle s'est profondément attachée à toi également. Tout semblait si naturel... Tu avais mis fin à ta relation avec Oliver et nous avions tous deux besoin de toi... Voilà, tu connais les raisons pour lesquelles je veux t'épouser. Sont-elles suffisantes pour te pousser à accepter ?

La déception d'Elinor fut si accablante qu'elle ne put répondre.

— Apparemment non, dit Miles après un silence interminable.

135

— Peut-être est-ce juste l'idée du mariage qui me rebute pour le moment, confia-t-elle enfin.

— Cela veut-il dire que je peux espérer ? Ou simplement que je ne suis pas celui que tu attends ?

— J'ai besoin de temps pour réfléchir, Miles. Je n'en ai pas eu beaucoup depuis que j'ai quitté Oliver pour venir me réfugier à Stavely...

— ... et pour tomber de Charybde en Scylla.

— J'espère que Sophie profitera bien de ses vacances, dit-elle pour détourner la conversation. Embrasse-la de ma part quand tu l'auras au téléphone et dis-lui que je viendrai lui rendre visite lorsqu'elle reviendra.

— Elle ne sait pas que tu es partie. Elle croit simplement que tu passes quelque temps avec ton père et ta mère. Je n'ai pas eu le courage de lui dire que tu l'avais abandonnée.

— Je ne l'ai pas abandonnée ! protesta Elinor avec véhémence. J'ai juste choisi le bon moment pour partir. Arrête d'essayer de me culpabiliser !

— Quelque chose me dit que je n'ai pas besoin d'essayer. Je te connais bien, Elinor.

Pas si bien que cela, songea la jeune femme. Sinon tu m'aurais dit que tu m'aimais et je serais venue te rejoindre aussitôt à Stavely.

— Je dois raccrocher, dit-elle enfin. Je suis flattée que tu veuilles m'épouser, et j'espère que nous resterons...

— ... bons amis ? suggéra Miles d'une voix tendue. Je veux beaucoup plus que cela, Elinor, et tu le sais parfaitement. Je veux que nous soyons amants, et je veux que tu m'aides à m'occuper de Sophie. Si ton amitié est la seule chose que tu puisses m'offrir, garde-la pour ma fille ! Au revoir !

Sur ces mots, il raccrocha violemment. Elinor, le cœur brisé, alla se jeter sur son lit, attendant que se tarisse le flot de larmes qui coulait de ses yeux, et maudissant sa stupide fierté qui venait de lui faire refuser l'offre que son âme appelait de tous ses vœux.

11.

A la fin de la semaine, n'ayant toujours pas de nouvelles de Miles, Elinor s'était presque résignée à croire ce qu'il lui avait dit. Pourtant, elle avait retrouvé un moment l'espoir, le vendredi soir, en découvrant à son retour chez elle une magnifique gerbe de fleurs qui lui avait été livrée l'après-midi. Mais en décachetant la carte qui l'accompagnait, elle avait eu la surprise de constater qu'elles venaient d'Alexander Reid. Il s'excusait de ce qui s'était passé à Stavely et lui demandait de lui pardonner son acte insensé. Pour Elinor qui avait cru un instant que l'envoi provenait de Miles, la déception n'en fut que plus intense.

La jeune femme fut tentée d'aller panser ses plaies chez ses parents mais c'était prendre le risque de revoir Miles, et c'eût été plus qu'elle ne pouvait en supporter. Elle décida donc d'inviter ses parents chez elle pour le week-end puisque Linda partait à la campagne avec son petit ami Josh.

Elle appela Cliff Cottage pour appendre que son père avait accepté de prendre une garde à la clinique afin de rendre service à l'un de ses anciens confrères. Mais sa mère accepta de venir à Cheltenham et de passer la soirée du vendredi en sa compagnie.

— Je pensais que tu viendrais nous voir ce week-end, dit-elle en arrivant. C'est l'un de nos derniers à Cliff Cottage !

— Rien n'aurait pu me faire plus plaisir, soupira Elinor. Mais vu les circonstances je préfère me tenir un peu à l'écart... Avez-vous croisé Miles ces jours-ci ? ne put-elle s'empêcher d'ajouter.

— Ton père l'a aperçu. Mais les travaux ont commencé et il est très occupé.

— J'ai reçu une carte postale de Sophie, dit Elinor. Elle me demande comment va Jet.

— Bien. Elle grandit vite. Meg s'occupe d'elle et Tom la promène régulièrement dans le parc. Dis-moi, ajouta Mary Gibson en considérant sa fille avec attention, tu es sûre que tu manges assez ? Je te trouve bien amaigrie.

— Ne t'inquiète pas pour moi, Linda est une excellente cuisinière !

— Elle te manquera quand elle emménagera avec son précieux Josh ! Que feras-tu alors ? Tu chercheras une nouvelle colocataire ?

— Non. Je pense qu'il est temps que je vive seule. Oliver m'a donné une augmentation et je devrais pouvoir payer le loyer toute seule. Et puis, ce ne serait pas très gentil d'imposer ma compagnie à qui que ce soit en ce moment.

— Et comment Linda s'en tire-t-elle ?

— Oh ! Elle est si amoureuse qu'elle ne s'est aperçue de rien.

— Et toi tu es si amoureuse que tu te ruines la santé...

— C'est si évident que cela ? demanda Elinor d'une voix amère.

— Tu ne peux rien me cacher, ma chérie, lui répondit doucement sa mère en lui prenant la main. Ecoute, Miles nous a dit qu'il avait appelé et qu'il avait tout fait pour te convaincre mais que tu avais refusé de l'épouser. Je n'aime pas te voir si malheureuse, alors j'aimerais savoir s'il y a une chance que tu changes d'avis.

— Si Miles avait essayé de nouveau, s'il était venu me voir, j'aurais peut-être fait une croix sur ma fierté et accepté de l'épouser tout en sachant qu'il ne m'aimait pas. Mais il ne m'a pas donné signe de vie depuis cette nuit-là.

— Mon Dieu, Elinor, je ne suis pas censée te dire cela, d'autant qu'il m'a fait promettre de garder le silence, mais Miles a attrapé la grippe de Sophie après votre coup de fil. Comme tous les hommes qui ont toujours joui d'une santé insolente, il a été un malade impossible et les Hedley ont eu toutes les peines du monde à le convaincre de rester au lit. En plus, il a eu une infection pulmonaire et ton père a dû lui prescrire des antibiotiques auxquels il a fait une allergie... Bref, il est resté alité plusieurs jours.

— Pourquoi ne m'as-tu rien dit? demanda la jeune femme d'un ton de reproche.

— Parce qu'il me l'a demandé, soupira Mary Gibson. Je ne te le dis aujourd'hui que parce que je ne supporte pas de te voir aussi triste. Et de toutes façons, même s'il n'avait pas été malade, je ne vois pas comment tu pouvais espérer que Miles te rappelle après la manière dont tu l'as éconduit. Il a déjà vécu cela une fois et je crois qu'accepter que cela lui arrive une seconde fois a dû être très dur pour lui...

— Je sais. C'est pour cela que j'ai failli l'appeler à plusieurs reprises...

— Ecoute. J'ai une bien meilleure idée : reviens avec moi ce soir.

— Pour le voir?

— Tu feras comme tu voudras. Mais Sophie doit revenir demain matin et Miles est trop faible pour s'occuper d'elle, alors je lui ai proposé de la prendre à la maison. Tu pourras la voir...

Mary Gibson n'avait pas fini sa phrase qu'Elinor se précipitait dans sa chambre pour préparer son sac.

**
*

Elinor ne parvint pas à dormir cette nuit-là, dans sa chambre de jeune fille, sachant que Miles se trouvait à quelques centaines de mètres seulement d'elle. Et le souvenir de la nuit qu'ils avaient partagée dans ce même lit la hantait. Après s'être retournée pendant des heures sans trouver le sommeil, elle finit par descendre dans la cuisine.

Le soleil commençait seulement à pointer timidement et son père revenait juste de la clinique où il avait été appelé pour une urgence.

— Salut, papa ! Tu as l'air fatigué... Tu veux que je te fasse du thé ?

— Oui, plusieurs litres si tu veux ! s'exclama-t-il en bâillant. Mme Hawkins croyait qu'elle allait avoir une crise cardiaque alors qu'il ne s'agissait que d'une petite indigestion comme d'habitude...

— Tu veux que je te prépare quelque chose à manger ?

— Non, je ne voudrais pas suivre le mauvais exemple de Mme Hawkins...

— Comment va Miles ? ne put-elle s'empêcher de demander.

— Je l'ai appelé hier. Il va mieux mais il est encore assez affaibli.

— Il pourra voir Sophie ?

— Bien sûr ! Je ne voudrais pas qu'elle s'inquiète ; mais je lui ai formellement interdit de se lever avant d'avoir complètement récupéré.

Son père la regarda longuement, devinant la question qui lui brûlait les lèvres.

— Ecoute, dit-il enfin, si tu veux rendre visite à Miles, le mieux est encore de lui demander l'autorisation auparavant. Il vient de passer un moment difficile et je ne suis pas sûr qu'il veuille recevoir d'autres visites que celle de sa fille...

— Y compris celle de Mme Forbes ? demanda Elinor avec amertume.

— Selina ? fit son père d'un ton méprisant. Elle ne

viendra même pas ramener sa fille. Elle dit qu'elle est trop fatiguée par le voyage. Je pense que c'est son nouveau mari qui la conduira ici durant la matinée.

— Le mieux est que je reste à l'écart, dit Elinor après un moment de réflexion. Je demanderai à Mme Hedley d'envoyer Sophie avec Tom dès qu'elle le souhaitera.

Après avoir passé son coup de téléphone, Elinor s'installa pour la matinée dans le fauteuil de sa chambre avec un livre. Elle avait une vue imprenable sur la vallée et voyait arriver les voitures de très loin. Aussi fut-elle la première à apercevoir la Jaguar qui dépassa Cliff Cottage et s'engagea dans le chemin qui menait à Cliff House.

Elle descendit retrouver sa mère dans la cuisine.

— Sophie est arrivée, s'exclama-t-elle avec allégresse.

— Bien. Le temps qu'elle retrouve Miles et les Hedley, sans parler de Jet... Je l'attendrai pour mettre le déjeuner en route. J'ai eu un mal fou à convaincre Mme Hedley de la laisser manger ici !

— C'est heureux que tu y sois parvenue, nous allons pouvoir lui préparer des hamburgers !

Une heure plus tard, Sophie remontait l'allée en compagnie de Tom qui ployait sous le poids d'une lourde valise.

— Nell ! s'exclama la petite fille dès qu'elle aperçut Elinor.

Elle courut vers elle, lâchant la laisse de Jet qu'elle tenait à la main, et Tom eut toutes les difficultés du monde à retenir la petite chienne.

— Mon Dieu ! s'exclama Elinor en serrant Sophie dans ses bras. Mais tu es toute bronzée ! Tu t'es bien amusée ?

— Oui. Mais papa et toi, vous m'avez beaucoup manqué. Je pensais qu'il viendrait aussi mais il n'y avait que Lloyd...

— Et maman, ajouta Elinor en entraînant la petite fille dans la cuisine.

— Maman avait tout le temps mal à la tête, alors je jouais avec d'autres enfants qui étaient en vacances. Ils avaient une nounou très gentille.

— Dites, docteur Gibson, demanda Tom, cela ne vous dérange pas de garder Jet ici ? Sophie n'a pas voulu la laisser à la maison...

— Pas de problèmes ! s'exclama le père d'Elinor en prenant la valise des mains de Tom.

Rassuré, ce dernier prit congé tandis que le Dr Gibson allait s'installer tranquillement pour lire son journal, que sa femme commençait à préparer le déjeuner et qu'Elinor conduisait Sophie à sa chambre. La petite fille ne cessait de babiller.

— Je dors dans la chambre d'en face, dit Elinor en l'aidant à ranger ses affaires dans l'armoire. Si tu as besoin de quelque chose, tu n'as qu'à m'appeler...

— J'adore cette maison ! Bientôt Papa va m'amener vivre ici pour toujours ! Tu resteras avec nous, dis, Elinor ?

— Il n'y aura plus de place pour moi une fois que les Hedley et vous aurez emménagé, dit la jeune femme avec un sourire.

— Mais ils ne viennent pas vivre ici, répondit la petite fille, surprise. Il n'y a que papa et moi. M. et Mme Hedley resteront à Cliff House.

— Je vois, dit Elinor en s'asseyant sur le lit à côté de la petite fille. Tu sais, ma chérie, j'ai une maison à moi à Cheltenham, là où je travaille. Mais je te promets que je viendrai te voir aussi souvent que possible.

— J'aimerais mieux que tu restes avec nous, Nell, dit Sophie d'un air suppliant.

— Je ne peux pas, ma chérie, dit la jeune femme en la serrant contre elle. Mais ton papa te laissera peut-être venir pour les week-ends. Et nous irons au cinéma et faire des courses ensemble.

— Papa et toi, vous vous êtes disputés ? demanda la

petite fille. Il est malade, comme moi avant les Canaries. Tu es allée le voir aussi ?

— Non, pas encore. Je pensais qu'il valait mieux lui demander d'abord s'il voulait recevoir des visites... Comment va-t-il ?

— Il est au lit mais il a le droit de se lever cet après-midi. Je retournerai le voir. Tu veux venir avec moi ?

— Tu iras toute seule et tu lui demanderas s'il veut que je vienne. Mais peut-être préférera-t-il se reposer...

— Sûrement pas ! Il voudra te voir. Dis, ajouta-t-elle en respirant la délicieuse odeur de hamburger qui avait envahie la maison, j'ai faim !

Après le déjeuner, Elinor emmena Sophie et Jet se promener dans le parc.

— Regarde, s'exclama soudain la petite fille en faisant de grands signes vers la maison, papa est à la fenêtre de sa chambre !

— C'est vrai, dit Elinor, le cœur battant. Nous allons ramener Jet au cottage, comme cela, tu pourras retourner voir ton père.

Elinor resta dans la cuisine de Cliff House en compagnie de Mme Hedley, pendant que Sophie se précipitait à l'étage comme une tornade.

— Eh bien ! dit la gouvernante, je dois reconnaître que ces vacances ont fait le plus grand bien à Sophie !

— Apparemment, elle s'est même fait des amis... Comment va Miles ?

— Mieux. Mais il était vraiment furieux lorsque vous êtes partie. S'il s'était senti moins malade, je crois qu'il serait parti à votre poursuite. Nous avons d'ailleurs eu un mal terrible à le garder au lit. Heureusement que votre père habite juste à côté...

Sophie redescendit alors. Elle paraissait triste.

— Papa a dit qu'il aimerait bien une tasse de thé, quand vous aurez un moment madame Hedley.

— Je m'en occupe, ma puce.

— Tu lui as demandé s'il voulait me voir, Sophie ? questionna Elinor.

Sophie hocha la tête en soupirant.

— Il a dit qu'il était trop faible pour recevoir des visiteurs.

Elinor respira profondément, essayant de chasser la douleur qui lui serrait le cœur.

— Je comprends. Tu sais combien la grippe est une maladie fatigante... Allez, viens ! Retournons au cottage. Au revoir, madame Hedley.

La vieille dame la regarda d'un tel air de commisération que la souffrance d'Elinor redoubla. Elle se sentait rejetée, abandonnée.

Elinor repartit pour Cheltenham le lundi matin, après de déchirants adieux et la promesse de revenir voir Sophie le vendredi suivant. Dans le train, elle regardait défiler les champs enneigés et laissait errer ses pensées. Miles aurait difficilement pu être plus clair : il l'avait repoussée comme elle l'avait repoussé. Maintenant qu'il avait eu sa revanche, sa fierté serait peut-être satisfaite...

Elle n'arrivait pourtant pas à lui en vouloir. Peut-être parce que ce week-end à Cliff Cottage, en ne voyant de Miles qu'une ombre flottant derrière la fenêtre de sa chambre, ressemblait avant tout à un mauvais rêve dont elle espérait se réveiller.

Elle se rendit directement au bureau, et lorsque Oliver lui proposa, à la fin de la journée, de dîner en sa compagnie en tout bien tout honneur, elle hésita puis finit par accepter, songeant que cela valait bien mieux que de passer une longue soirée à se morfondre, seule dans sa chambre.

Elle eut pourtant le plus grand mal du monde à ne pas paraître absente et oublia de porter l'attention habituelle à ce qu'elle mangeait. Lorsque Oliver la ramena chez elle, de terribles crampes lui nouaient l'estomac et elle avait d'abominables nausées.

— Mon Dieu! s'exclama Oliver en l'aidant à monter l'escalier. J'espère que ce n'est pas l'appendicite!

— Non, murmura Elinor au supplice, il devait y avoir des oignons dans l'un des plats...

— Bon sang! J'avais oublié ton allergie... Ce devait être le riz.

— Je suis désolée, Oliver, je ne peux pas t'inviter à entrer, je ne me sens vraiment pas bien...

— Bien sûr! Je comprends. Ce n'est pas la peine que tu viennes travailler demain. Reste à te reposer.

Elinor sourit. Oliver se sentait presque aussi à l'aise que Selina dans une chambre de malade... Elle lui souhaita une bonne nuit et alla s'allonger, attendant en vain que les crampes s'atténuent.

Lorsqu'elle entra dans la cuisine, le lendemain matin, Linda faillit lâcher la théière qu'elle était en train de remplir.

— Bon sang! El! Tu as une mine effroyable! Tu as trop bu?

— J'ai mangé des oignons...

— Oh, zut! Tu te sens mieux, à présent? Tu veux que je te prépare quelque chose à manger?

— Non, merci. Mais je veux bien que tu me serves une tasse de thé...

Lorsque Linda fut partie travailler, elle retourna se coucher et passa sa journée à lire et à écouter la radio. Elle reçut un bouquet de fleurs d'Oliver avec ses vœux de prompt rétablissement. Enfin, elle appela sa mère pour lui faire part de sa mésaventure.

— Elinor! Mais à quoi pensais-tu donc?

— Tu sais parfaitement à qui je pensais, dit Elinor en éclatant en sanglots. Désolée, maman... Je n'aurais pas dû t'appeler.

145

— Tu as pris ton médicament?

— Oui, je me sens mieux à présent. Mais j'ai souffert le martyre, cette nuit. Je crois que je vais me coucher tôt et c'est pour cela que je t'appelle à cette heure-là. Sophie va bien?

— Parfaitement bien. Miles a un peu récupéré. Il est venu nous remercier de nous être occupés de Sophie ce week-end.

— Et il a parlé de moi?

— Non, ma chérie. Mais il est passé seulement cinq minutes. Maintenant qu'il va mieux, il se consacre de nouveau au chantier.

— Bien... Je crois que je vais aller me coucher, à présent. Bonne nuit, maman. Et embrasse Sophie de ma part.

Elinor retourna travailler dès le lendemain matin, au grand soulagement d'Oliver. Mais lorsqu'elle rentra chez elle, le soir venu, elle se sentait vraiment épuisée. Linda était sortie pour aider Josh qui repeignait son nouvel appartement. Profitant de sa solitude, elle prit un bain puis s'enveloppa dans son peignoir et se prépara une soupe aux champignons qu'elle mangea en lisant la fin de son thriller.

Elle venait de reposer son livre lorsqu'on sonna à l'Interphone.

— Oui? dit-elle en décrochant avec une certaine irritation.

— Elinor?

Elle sentit son estomac se nouer.

— Elinor? répéta la voix. C'est Miles.

Comme si elle avait pu oublier cette voix...

— Que veux-tu? demanda-t-elle d'un ton dur.

— Te voir. Cela ne prendra pas longtemps...

Elinor appuya sur le bouton qui commandait l'ouverture de la porte et attendit, s'efforçant de rester calme et de maîtriser les battements de son cœur. Elle ouvrit la porte et vit Miles monter l'escalier quatre à quatre. Il paraissait plus mince encore qu'auparavant et ses yeux étaient cernés dans son visage livide mais sa démarche était toujours aussi assurée. Elinor dut recourir à toute sa volonté pour ne pas se jeter dans ses bras.

— Bonsoir, Elinor, dit-il lorsqu'il fut devant elle.

— Bonsoir, Miles, répondit-elle d'une voix sans chaleur. Quelle surprise ! Tu vas mieux ?

— Oui... Je peux entrer ?

— Bien sûr, dit-elle en s'effaçant pour le laisser passer. Je finissais juste de manger. Tu veux quelque chose ?

— Non, merci. Je ne peux pas rester très longtemps.

— Dans ce cas, viens dans la cuisine. Je finirai de dîner pendant que tu me diras pourquoi tu es là...

C'était là pure bravade de sa part. Un simple regard à Miles lui avait coupé l'appétit. Mais elle refusait de paraître impressionnée.

— Ta mère m'a dit que tu avais eu... mal à l'estomac. Tu as vu un médecin ?

— J'en ai deux à la maison, dit-elle avec un pâle sourire.

— Bien sûr...

Elinor renonça à faire semblant de manger, incapable d'avaler quoi que ce soit. Elle posa son assiette et ses couverts dans l'évier.

— Je n'ai toujours pas très faim, se crut-elle obligé de préciser. Mais je vais me faire du thé. A moins que tu ne préfères une bière ? Il y en a au réfrigérateur...

— Un thé sera parfait.

Elle s'empressa de le préparer. Le silence qui s'éternisait entre eux la mettait de plus en plus mal à l'aise.

— Qu'est-ce qui t'amène à Cheltenham ? demanda-t-elle enfin.

— Je pensais que c'était évident. Je suis venu te voir.

— Pourquoi ? Tu n'as pas voulu le week-end dernier, lui rétorqua la jeune femme d'une voix amère.

— Oui, mais c'était avant que je ne l'apprenne.

— Que tu apprennes quoi ?

— Ne te moque pas de moi, Elinor ! Tu sais parfaitement ce dont je parle.

— Non, tout ce que je vois c'est que tu t'es vengé !

— Vengé ? répéta Miles en fronçant les sourcils.

— Il fait froid, ici, dit la jeune femme en se levant. Allons dans le salon.

Miles la suivit et elle s'installa dans son fauteuil préféré.

— Assieds-toi, Miles, fit-elle en désignant le canapé.

— Que voulais-tu dire en parlant de vengeance ? demanda-t-il en s'asseyant.

— Lorsque tu as refusé de me voir, ce week-end, j'ai compris que c'était une forme de vengeance parce que j'avais repoussé ton offre.

— Ce n'était pas une offre mais une demande en mariage ! Et si tu crois vraiment ce que tu dis, c'est que tu dois avoir une bien mauvaise opinion de moi. La vérité est que je ne me sentais pas bien et que j'avais une tête de déterré. Alors, je me suis dit qu'il valait mieux que j'attende le samedi suivant pour avoir retrouvé visage humain. Sophie m'avait dit que tu devais revenir...

— Je vois. Mais, dans ce cas, pourquoi es-tu là ?

— Parce que je ne pouvais pas attendre pour être sûr de savoir si j'avais raison. Et que ce n'est pas le genre de sujet dont on parle au téléphone.

— Si tu avais raison à quel sujet, Miles ? J'ai beau réfléchir, je ne vois pas ce que tu veux dire !

— Je ne pouvais m'empêcher de repenser à ce qui était arrivé dans ta chambre, l'autre soir. Et puis ta mère m'a appris que tu avais mal à l'estomac. Elle a été très évasive, bien sûr, mais cela m'a mis la puce à l'oreille...

Elinor le regarda, stupéfaite.

— Miles ! s'exclama-t-elle en s'efforçant de ne pas éclater de rire. Ce n'était qu'une allergie ! Je suis allée au

148

restaurant l'autre soir et j'ai mangé un risotto aux oignons... Je ne suis pas enceinte, si cela peut te rassurer.

— Tu es sûre? demanda Miles.

— Bien sûr... Pourquoi me regardes-tu comme cela, Miles? C'est le soulagement?

— Bien sûr que non! protesta ce dernier en se levant. Tu n'es pas capable de reconnaître la déception? Je me disais que, si tu attendais un enfant de moi, tu accepterais peut-être de m'épouser.

— Rien ne pourrait me faire épouser quelqu'un contre mon gré! répondit-elle d'une voix froide. Et, d'ailleurs, ajouta-t-elle avec une cruauté calculée, même si j'étais enceinte, comment pourrais-tu être sûr que ce soit de toi?

Miles pâlit si violemment qu'Elinor se leva pour le prendre dans ses bras.

— Je ne voulais pas dire cela! s'excusa-t-elle. Mais tu m'as fait tellement mal quand tu as refusé de me voir!

Miles la serra contre lui et l'embrassa. Son désir était si criant, si évident qu'Elinor renonça à lutter. Tant qu'il la désirait à ce point, il était inutile de lui demander de l'aimer.

Ils tombèrent enlacés sur le canapé.

— Cela n'a plus d'importance, murmura-t-elle contre ses lèvres.

Il l'embrassa de nouveau puis ses lèvres glissèrent le long de la gorge de la jeune femme tandis que ses mains se glissaient sous le peignoir pour caresser sa poitrine avec une infinie douceur. Elinor s'abandonna en frissonnant à ses audaces.

— Mon Dieu! dit Miles, se méprenant sur les tremblements qui parcouraient le corps de la jeune femme. Je ne sais pas si... Tu as été malade...

— Et alors, murmura Elinor au creux de son oreille, toi aussi!

— Oui, mais j'ai trouvé mon médicament, précisa-t-il en l'embrassant. Il faut qu'il me soit administré régulièrement jusqu'à la fin de ma vie.

— Et cette maladie est contagieuse ? demanda Elinor, les yeux brillants de plaisir.

— J'espère, dit-il en l'embrassant encore une fois. Pourquoi m'as-tu repoussé, Nell ?

— A cause de ta liste de raisons, confessa-t-elle enfin.

— Cette maudite liste ! Jamais encore je n'avais fait montre d'une telle persuasion ! Et ça n'a pas marché...

— Il manquait l'essentiel...

— Quoi ? demanda Miles en s'écartant un peu d'elle.

— Tu n'as pas dit que tu m'aimais. Mais cela n'a plus d'importance, Miles... Je sais que je compte pour toi et que tu me désires, et cela suffit.

— Elinor, dit Miles d'une voix grave. Tu m'as vraiment repoussé parce que tu pensais que je ne t'aimais pas ?

Elle soupira et hocha la tête.

— Alors pourquoi penses-tu que la moitié de moi soit tombée du haut de la falaise lorsque tu as basculé ? Pourquoi penses-tu que j'ai failli tuer Alex ?

— Tu ne me l'as jamais dit, Miles, protesta la jeune femme.

— C'est que je ne pensais pas en avoir besoin !

— Bien sûr que si ! Cela nous aurait évité bien des problèmes. D'autant que Selina m'a dit que tu l'aimais encore...

— Selina a besoin de croire que tous les hommes sont à ses pieds. Et tu as su comment elle a traité sa fille pendant les vacances ?

— Sophie m'a dit qu'elle avait rencontré d'autres enfants et leur nourrice...

— C'est une façon de voir les choses... Selina l'a mise dans une sorte de centre aéré pendant tout le séjour ! Alors je lui ai dit que le mieux qu'elle puisse faire pour sa fille, c'était de me laisser m'occuper d'elle...

— Mais c'est tout de même sa mère, déclara Elinor.

— Oui, par le sang. Cela ne veut pas dire que Selina

n'aime pas Sophie à sa manière. Mais elle préfère que la maternité reste du domaine de la théorie. Pas question de soigner les plaies de ses enfants ou de se réveiller en pleine nuit parce qu'ils ont fait un cauchemar... Sophie aime sa mère, mais elle t'aime aussi, Nell. Et, prends-en bonne note, je t'aime. Alors je t'en supplie, épouse-moi !

— C'est un ordre, major ?

— Si je dis oui, tu obéiras ? demanda-t-il en caressant doucement les cheveux de la jeune femme.

— Oui, si c'est le dernier. A l'avenir, Miles, je ne répondrai qu'aux demandes, pas aux ordres...

— D'accord, dit-il en caressant ses lèvres du doigt. Bon, je crois que je ferais mieux de m'en aller. Si je commence à t'embrasser, je ne sais pas où je m'arrête-rai...

— Mais il est encore tôt, protesta la jeune femme.

— Si je reste, je ne sais pas comment cela va finir, l'avertit Miles.

— Moi, je le sais, murmura-t-elle en l'embrassant tendrement.

— C'est bon, si tu le prends sur ce ton... Au fait, demanda-t-il soudain, ton amie Linda ne doit pas rentrer ? Parce que depuis l'épisode avec tes parents, je deviens prudent...

— Non, le rassura Elinor en riant. Linda est en train de faire de la peinture dans le nouvel appartement de Josh.

— Ça c'est une femme bien ! Et toi ? Tu sais tenir un pinceau ?

— Pas du tout !

— Bon, tant pis... Après tout, tu as d'autres qualités : tu es belle, tu t'occupes bien de Sophie, tu sais cuisiner, tu es pleine de ressources dans les situations de crise... Mais même si tu ne possédais rien de tout cela, cela n'aurait aucune importance parce que, de toutes façons, je ne pourrais pas vivre sans toi.

Elinor le regarda, les yeux emplis d'une joie extrême. Elle avait tant attendu ces paroles qu'elle avait l'impression de vivre un rêve éveillé.

— J'aurais préféré que tu me dises cela avant, Miles ! ne put-elle s'empêcher de le narguer. Je ne sais pas si je dois céder aussi facilement, à présent. Je vais peut-être te laisser attendre ma réponse quelque temps...

— Si tu fais cela, lui promit-il, je t'enfermerai dans ma chambre à Cliff House en attendant que tu acceptes. Tu apprendras que, pour tenir un siège, je suis au moins aussi doué qu'Alexander Reid.

— J'aurai le droit de manger ?

— Peut-être un sandwich de temps en temps... Et, pour te convaincre, je n'arrêterai pas de te faire l'amour.

Elinor le prit dans ses bras et l'attira à elle.

— J'admire votre sens de la stratégie, major ! Vous ne me laissez pas le choix... Mais si je dis oui maintenant, est-ce que vous me promettez de tenir quand même le siège. Ce sera une lune de miel originale, non ?

Afin de mieux exprimer sa modernité et de vous séduire encore davantage, votre collection Or a changé de couverture et de nom depuis le 1er mars 1995.

Rassurez-vous, les romans, eux, ne changent pas, et vous pourrez retrouver dans la collection **Amours d'Aujourd'hui** tous vos auteurs préférés.

Comme chaque mois, en effet, vous y attendent des héros d'aujourd'hui, aux prises avec des passions fortes et des situations difficiles...

**COLLECTION
AMOURS D'AUJOURD'HUI :**
Quand l'amour guérit des blessures de la vie...

Chère lectrice,

Vous nous êtes fidèle depuis longtemps?
Vous venez de faire notre connaissance?

C'est pour votre plaisir que nous avons
imaginé un rendez-vous chaque mois
avec vos auteurs préférés, vos
AUTEURS VEDETTE dans les
collections Azur et Horizon.

Les AUTEURS VEDETTE vous
donneront rendez-vous pour de
nouveaux livres vedette.

Pour les reconnaître, cherchez
l'étoile ... Elle vous guidera!

Éditions Harlequin

HARLEQUIN

LE FORUM DES LECTRICES

CHÈRES LECTRICES.

VOUS NOUS ÊTES FIDÈLES DEPUIS LONGTEMPS ?

VOUS VENEZ DE FAIRE NOTRE CONNAISSANCE ?

SI VOUS AVEZ DES COMMENTAIRES. CRITIQUES À
FORMULER. DES SUGGESTIONS À OFFRIR. N'HÉSITEZ PAS...
ÉCRIVEZ-NOUS À :   LES ENTREPRISES HARLEQUIN LTÉE.
                   498 RUE ODILE
                   FABREVILLE. LAVAL. QUÉBEC.
                   H7R 5X1

C'EST AVEC VOS PRÉCIEUX COMMENTAIRES QUE NOUS ALLONS
POUVOIR MIEUX VOUS SERVIR.

MERCI. À L'AVANCE. DE VOTRE COOPÉRATION.

BONNE LECTURE.

HARLEQUIN.

VOTRE PASSEPORT POUR LE MONDE DE L'AMOUR.

COLLECTION
HORIZON

Des histoires d'amour romantiques qui vous mènent au bout du monde!

Découvrez la passion et les vives émotions qu'apportent à la Collection Horizon des auteurs de renommée internationale!

Captivantes, voire irrésistibles, ces histoires d'amour vous iront assurément droit au coeur.

Surveillez nos quatre nouveaux titres chaque mois!

HARLEQUIN

En août, on vous tente avec un livre SUPER PASSION de la série Rouge Passion.

Les livres SUPER PASSION sont un peu plus sensuels et excitants, mais toujours l'amour triomphe des contraintes, de dilemmes et vient réchauffer votre coeur comme une caresse.

Une histoire SUPER PASSION chaque mois, disponible là où les romans Harlequin sont en vente !

RP-SUPER

Composé sur le serveur d'Euronumérique, à Montrouge
PAR LES ÉDITIONS HARLEQUIN
Achevé d'imprimer en mai 1998
sur les presses de l'Imprimerie Bussière
à Saint-Amand-Montrond (Cher)
Dépôt légal : juin 1998
N° d'imprimeur : 896 — N° d'éditeur : 7108

Imprimé en France